光文社文庫

文庫書下ろし／長編時代小説

来《らい》国《くに》俊《とし》

御刀番 左 京之介(二)

藤井邦夫

この作品は光文社文庫のために書下ろされました。

『来国俊《らいくにとし》　御刀番《おかたなばん》　左京之介（二）』目次

第一章　御落胤《ごらくいん》……………5
第二章　来国俊……………81
第三章　不忠者……………163
第四章　密謀図……………234

第一章　御落胤《ごらくいん》

一

駿河《するが》国久能山《くのうざん》は夜霧に覆われ、虫の音《ね》が軽やかに響いていた。

久能山の山頂には、徳川幕府初代将軍の家康《いえやす》を埋葬した東照宮《とうしょうぐう》がある。その後、家康は日光《にっこう》東照宮に改葬されたが、久能山東照宮も墓所の一つとされていた。

夜霧は次第に深くなり、虫の音が続いていた。

虫の音が不意に途切れた。

男たちの経《きょう》を読む声が、不気味に湧き上がった。

経は、低い声で唸るように読まれ、夜霧に染み渡りながら山道を下りて来る。

夜霧が不意に二つに引き裂かれ、経を読む雲水《うんすい》たちの一団が姿を現わした。

雲水たちは、経を読みながら夜霧を巻き込んで山道を下りていった。

引き裂かれた夜霧は、渦を巻きながら再び辺りを覆っていった。

雲水たちの読経《どきょう》は、夜霧に不気味に響き続けた。


愛宕下大名小路《あたごしただいみょうこうじ》には、大名家の江戸上屋敷が連なっていた。

増上寺《ぞうじょうじ》の鐘が、未《ひつじ》の刻八つ（午後二時）を打ち鳴らした。

駿河国汐崎《しおざき》藩江戸上屋敷は、番士と中間《ちゅうげん》たちが表門の門扉《もんぴ》を押し開けた。

門扉は軋《きし》みをあげた。

武家駕籠が壮年の総髪《そうはつ》武士と配下の者を従え、見計らったようにやって来て汐崎藩江戸上屋敷の表門を潜った。

中間たちは、門扉を閉めた。

門扉は軋みをあげ、音を立てて閉まった。


書院には微風が吹き抜けていた。

汐崎藩江戸留守居役《るすい》の村山仁兵衛《むらやまにへえ》は、中年の僧と壮年の総髪武士と向かい合った。

「お待たせ致しました。拙者、江戸留守居役の村山仁兵衛にござる。久能山東照宮別当寺《べっとうじ》の……」

「別当代の応快《おうかい》と申す……」

僧の応快は、顎《あご》をあげ、濡れたように輝く頭を僅《わず》かに反らした。

〝別当〟とは、大寺で寺務を統轄する僧官である。

「寺侍頭《てらざむらいがしら》の黒木兵部《くろきひょうぶ》にございます」

壮年の総髪武士は、薄笑いを浮かべて寺侍頭の黒木兵部と名乗った。

「左様《さよう》にございますか。して、久能山からわざわざお見えになった御用とは……」

村山は、探るように本題に入った。

「御当家御当主堀田宗憲《ほったむねのり》さまの御落胤の件にございます」

応快は、村山を見詰めて告げた。

「ご、御落胤……」

村山は驚いた。

「左様。御落胤にございます」

応快は、微かな笑みを浮かべて頷《うなず》いた。

微かな笑みには、嘲《あざけ》りと侮《あなど》りが過《よ》ぎった。

「御落胤とは、我が殿の御落胤にございますか……」

村山は、驚きに声を嗄《か》らして念を押した。

「そう申した筈《はず》ですが……」

「ま、まことにござるか」

「如何《いか》にも、当主宗憲さま二十一歳の砌《みぎり》、お国許《くにもと》汐崎藩でおまゆなる娘を夜伽《よとぎ》に召し出され、お生まれになったのが御落胤の和千代《かずちよ》さまにございます」

「和千代さま……」

村山は、嗄れた声を引き攣《つ》らせて狼狽《ろうばい》した。

応快と黒木兵部は、狼狽する村山を冷たく見守った。

汐崎藩五万石藩主堀田宗憲は三十六歳であり、江戸上屋敷に正室のお香《こう》の方と六歳になる嫡男千代丸《ちよまる》がいた。

正室のお香の方は、御三家の一つ水戸《みと》徳川家の娘であり、実家の権威を隠然と誇ていた。譜代《ふだい》だが五万石の汐崎藩にとり、水戸徳川家は大きな後ろ盾だった。

江戸留守居役の村山仁兵衛は、藩主堀田宗憲と江戸家老《えどがろう》の梶原頼母《かじわらたのも》に東照宮別当代の応快と寺侍頭の黒木兵部が訪れた事を告げた。

「して村山、応快なる別当代、何用あって参ったのだ」

宗憲は、盃の酒を飲んだ。

「それが、御落胤の和千代さまの事にございまして……」

村山は、恐る恐る告げた。

「御落胤の和千代……」

宗憲は眉をひそめ、盃を口元で止めた。

「はい。十五年前、殿が国許汐崎でおまゆなる娘にお情けを掛けられ、お生まれになられた御子だとか……」

村山は、宗憲を探るように窺《うかが》った。

「お、おまゆ……」

宗憲は狼狽《うろた》えた。

十五年前、堀田家の家督《かとく》を継いで汐崎藩藩主の座に就いた宗憲は国許に帰っそして、おまゆという地侍の娘に夜伽《よとぎ》を命じた。やがておまゆは身籠《みご》もり、宗憲が江戸に戻る頃に男の子を産んだ。宗憲は、生まれた男の子に和千代と名付け、江戸に戻った。

江戸に戻った宗憲は、以後おまゆと和千代母子に逢う事はなかった。

「村山、その応快なる別当代、おまゆと申したのだな」

宗憲は、村山を見据えた。

「左様にございます」

村山は頷いた。

「そうか、おまゆか……」

宗憲は、己を落ち着かせるように盃の酒を飲んだ。盃を持つ手は僅《わず》かに震えた。

「殿、お心当たり、ございますか……」

梶原は、宗憲を見詰めた。

宗憲は、銚子の酒を盃に満たした。

梶原と村山は、息を潜めて宗憲の返事を待った。

宗憲は、盃に満たした酒を呷《あお》った。

「ある……」

宗憲は、吐息混じりに頷いた。

「やはり……」

梶原と村山は、思わず吐息を洩らした。

「して村山、応快はおまゆと和千代をどうしろと申して来たのだ」

「それが、おまゆさまは既にお亡くなりになられ……」

「おまゆは亡くなったのか……」

「はい。十年前に……」

「ならば、和千代はどうしたのだ」

「和千代さまは、久能山東照宮別当寺の善応《ぜんおう》さまと申される別当に預けられたそうにございます」

「久能山東照宮の別当寺に……」

宗憲は戸惑った。

「はい。そして十年。和千代さまも十五歳におなりになられ、元服《げんぷく》させて父子の名乗りをと……」

「元服させて父子の名乗り……」

「はい。そう願っております」

村山は頷いた。

「しかし、おまゆのいない今、別当に預けられた和千代が、まこと我が落胤との証《あかし》、あるのか……」

「畏《おそ》れながら十四年前、和千代さま御誕生の砌《みぎり》、殿がお下げ渡しになられた秘蔵の名刀来国俊《らいくにとし》の小太刀《こだち》があると……」

「来国俊の小太刀……」

宗憲は思い出した。

十四年前、生まれたばかりの和千代に来国俊の小太刀を己の子の証として渡したのを思い出した。

「お下げ渡しになられたのは……」

村山は、躊躇《ためら》いがちに尋ねた。

「事実だ。だが、その来国俊の小太刀、余が下げ渡した物かどうかは分からぬ」

宗憲は、微《かす》かな怯《おび》えと苛立《いらだ》ちを見せた。

微かな怯えの背後には、正室のお香の方の実家、水戸徳川家の存在があった。

もし、和千代が御落胤だと騒ぎ立て、長子として堀田家の跡目相続を主張すれば、正室お香の方と嫡男千代丸は黙っていない。それは、取りも直さず水戸徳川家の不《ふ》興《きょう》を呼び込み、汐崎藩堀田家は窮地に立たされる事になるのだ。

「仰《おお》せの通り、御落胤の和千代さまと称する者と来国俊の小太刀が本物かどうか、確《しか》と見定めなければなりませぬな」

梶原は、厳しい面持ちで告げた。

「うむ……」

宗憲は、腹立たしげに頷いた。

「して村山どの、別当代の応快は……」

梶原は、村山に視線を向けた。

「それなのですが、御落胤の和千代さまが江戸に御到着されるのは四日後、それ迄に誠意ある返答を戴きたいと……」

「む、村山、四日後に和千代が江戸に参ると申すか……」

宗憲は、焦りを浮かべた。

「はい。久能山別当寺の者共に護《まも》られて、寛永寺上野東照宮《かんえいじうえの》の別当寺に……」

村山は眉をひそめた。

「寛永寺に……」

「はい」

「ならば、事は寛永寺の方々にも……」

梶原は困惑した。

「知れるやもしれませぬ」

「ならぬ、それはならぬぞ」

宗憲は思わず叫んだ。

東叡山《とうえいざん》寛永寺は、寛永二年に江戸城の鎮護、国家安穏長久《こっかあんのんちょうきゅう》を願い、天海僧正《てんかいそうじょう》によって江戸城の鬼門《きもん》に建てられた寺だ。寺領は三十六万坪を誇り、一山三十六坊の大伽藍《だいがらん》があった。そして、徳川将軍家の菩提寺《ぼだいじ》として、三代家光《いえみつ》、四代家綱《いえつな》、五代綱吉《つなよし》、八代吉宗《よしむね》などの御霊屋があった。

「下手をすれば、寛永寺を通じて公儀が知る恐れがある」

宗憲は、事の次第の深刻さに震えた。

「ははっ。しかし、別当代の応快、既に寛永寺の宿坊《しゆくぼう》に逗留《とうりゆう》していると……」

村山は、恐れるように告げた。

「おのれ、水戸徳川家の上に公儀迄……」

宗憲は、苦しげに顔を醜く歪《ゆが》めた。

「殿、御落胤の一件、裏に何か秘められているやもしれませぬ」

梶原は、厳しさを滲ませた。

「梶原、秘められている何かとは何だ……」

「我が汐崎藩に対する陰謀かも……」

「陰謀……」

「はっ……」

「ならば梶原、如何《いか》致《が》せば良いのだ」

宗憲は、怒りに震えて吐き棄てた。

「このまま手を拱《こまぬ》いている訳にはいきませぬ。別当代の応快なる僧を調べ、その申し状の真意と真偽、探るしかありますまい」

「だが梶原どの、探ると申しても、相手は寛永寺にいる久能山別当寺の別当代

「……」

「左《ひだり》だ。此《こ》の一件、御刀番《おかたなばん》の左京之介《きょうのすけ》に命じよ」

宗憲は、思い付いたように叫んだ。


霞《かすみ》左文字の刀身は、燭台《しょくだい》の仄《ほの》かな明かりを浴びて深い輝きを放っていた。

汐崎藩納戸方《なんどかた》御刀番左京之介は、深い輝きを放つ霞左文字を見詰めた。

霞左文字は、長さ二尺三寸、身幅《みはば》は一寸半のやや広め、僅かな反《そ》りで刃文《はもん》は直刃《すぐは》調に小乱れ、沸《にえ》は美しく冴《さ》え渡っていた。

京之介は、霞左文字の手入れを終え、〝左〟の一文字の刻まれた茎《なかご》に鎺《はばき》を付けて柄《つか》を嵌《は》め、目釘《めくぎ》を打った。

京之介は、藩主の宗憲に呼ばれた。そして、御落胤の和千代の一件を詳しく教えられ、事の真偽と背後に秘められたものを探るように命じられた。

御落胤か……。

京之介は、鼻の先に微かな苦笑を浮かべ、霞左文字を鞘《さや》に納めた。

「只今戻りました……」

小者《こもの》の佐助《さすけ》が、風呂敷包みを抱えて侍長屋の京之介の家に戻って来た。

「借りて来たか……」

「はい。これに……」

佐助は、風呂敷包みから一冊の書籍を取り出し、京之介に差し出した。

書籍の表紙には、『御腰物元帳』と書かれていた。

御腰物元帳には、汐崎藩堀田家の代々の主が手に入れた名刀の名、刀身の構造と拵《こしらえ》、謂《いわ》れなどが書き記されていた。

京之介は、『御腰物元帳』を開いて〝来国俊〟の文字を探した。

〝来国俊〟の作の太刀や短刀は数多くある。

中でも名高いのが〝阿蘇《あそ》の蛍丸《ほたるまる》〟と称された太刀だった。〝蛍丸〟は戦で鋸《のこぎり》のように刃毀《はこぼ》れしたが、蛍の群れが刃先にとまり、翌日には綺麗に元に戻っていたとの伝説のある太刀だった。

京之介は、子供の頃に祖父から聞いた来国俊の逸話を思い出しながら『御腰物元帳』を捲《めく》った。

〝来国俊〟の文字はあった。

来国俊は、宗憲の祖父が将軍家から拝領したものであり、朱線が引かれていた。

京之介は、書き記された来国俊の刀身の構造を読んだ。

長さ一尺八寸、身幅八分、反りは三分、鋒《きっさき》長四分弱、鎬《しのぎ》造り、庵棟《いおりむね》、腰反り……。

京之介は、来国俊の小太刀がどのような刀か思い浮かべた。

細身で気品のある小太刀……。

十四年前、宗憲は地侍の娘おまゆの産んだ子にそうした名刀を与えた。

その時の宗憲の気持ちは、おそらくそれで良かったのだ。だが、十四年の歳月が経った今は違うのだ。

和千代本人と、来国俊の小太刀が本物か見定めろ……。

宗憲は、京之介に秘かに命じた。

歳月は人を変える……。

京之介は、宗憲の変わりように思わず苦笑せずにはいられなかった。

燭台の明かりが瞬《またた》いた。

下谷広小路《したやひろこうじ》は、東叡山寛永寺や不忍池《しのばずのいけ》を訪れた人々で賑《にぎ》わっていた。

東叡山は忍《しのぶ》ヶ岡《おか》と云い、南の高台は桜《さくら》ヶ岡《おか》、北は摺鉢山《すりばちやま》、西に不忍池がある。

下谷広小路を来た京之介は、不忍池から流れている忍川《しのぶがわ》に架かる三橋を渡り、上野山内を眺めた。

北に黒門《くろもん》と御成門《おなりもん》があり、奥に吉祥閣《きつしようかく》、文殊楼《もんじゆろう》、中堂《ちゆうどう》、御本坊《ごほんぼう》と称する東叡山円頓院《えんとんいん》寛永寺があり、左手に上野東照宮と五重塔があった。そして、それらを挟むかのように多くの寺があった。

応快は、上野東照宮の別当寺を宿にしている筈だった。

京之介は、上野山内を東照宮に向かった。


上野東照宮の傍にある別当寺は、門を閉じて静まり返っていた。

先《ま》ずは、久能山東照宮別当寺別当代の応快を見定める。

京之介は、そう思案して木陰から別当寺を窺い、応快らしき僧の出て来るのを待った。

半刻《はんとき》（一時間）が過ぎた。

別当寺から出て来る僧はいなかった。
無駄な真似か……。
京之介は苦笑した。
別当寺から、総髪の壮年武士が出て来た。
京之介は、素早く木陰に潜んだ。
総髪の壮年武士は、二人の配下の武士を従えて鐘楼《しようろう》堂に向かった。
総髪の壮年武士は、村山仁兵衛が云っていた寺侍頭の黒木兵部……。
京之介は睨み、黒木兵部と二人の配下を追った。
黒木兵部と二人の配下は、鐘楼堂の前を通って吉祥閣の横を抜けて黒門を出た。
京之介は追った。

下谷広小路の雑踏が途切れる事はなかった。
黒木と二人の配下は、下谷広小路を通り抜けて御成街道を神田川《かんだがわ》に向かっていた。
何処《どこ》に行くのだ……。
京之介は、塗笠《ぬりがさ》を目深《まぶか》に被って後を追った。

黒木と二人の配下は、神田川に架かる筋違御門《すじかいごもん》を渡って駿河台に向かった。

京之介は追った。そして、筋違御門を渡った時、何者かの視線を感じた。

誰だ……。

京之介は、何気なく周囲を窺った。

様々な人々が行き交うだけであり、周囲に京之介を見詰める視線の主を見定める事は出来なかった。

気のせいか……。

京之介は、黒木と二人の配下を追った。


駿河台の武家屋敷街は、人通りも少なく静けさに覆われていた。

黒木と二人の配下は、幽霊坂《ゆうれいざか》から小袋町《こぶくろちょう》に抜けて或《あ》る旗本《はたもと》屋敷に入った。

京之介は見届けた。

何者の屋敷なのか……。

京之介は、通りを見廻した。

行商の小間物《こまもの》屋が、数軒先の旗本屋敷の裏から出て来た。

京之介は、行商の小間物屋に駆け寄った。

「少々尋ねるがあの屋敷、黒木兵部どのの屋敷かな」

京之介は、行商の小間物屋に黒木と二人の入った旗本屋敷を指し示してみせた。

「いいえ。あの御屋敷は土屋《つちや》さまの御屋敷にございますよ」

行商の小間物屋は、戸惑いながら京之介に告げた。

「土屋さま……」

「はい。大目付《おおめつけ》の土屋主水正《もんどのしょう》さまですよ」

「ああ。そうか、大目付の土屋さまの御屋敷か……」

「はい」

「いや。造作《ぞうさ》を掛けた」

京之介は、行商の小間物屋に礼を述べた。

「いいえ……」

行商の小間物屋は、小間物の入った荷物を担《かつ》いで立ち去った。

黒木たちの入った旗本屋敷の主は、大目付の土屋主水正だった。

大目付は、老中《ろうじゅう》の支配下にあって諸大名の行動を監察するのが役目だ。

黒木が、大目付の土屋主水正の屋敷を訪れたのは、汐崎藩堀田家に対する何らかの意図があっての事なのかもしれない。

京之介は、微かな緊張を覚えた。

もし、意図があるとしたら何なのか突き止めなければならない。だが、土屋屋敷に伝手《つて》はなく、忍び込む訳にもいかない。

ならばどうする……。

京之介は、思案を巡《めぐ》らせた。

不意に視線を感じた。

視線は、筋違御門を渡った時に感じたものと同じだった。

気のせいではなかった……。

京之介は、慎重に周囲を窺った。

僅かに見えていた人影は、連なる旗本屋敷の塀《へい》の陰に素早く隠れた。

誰だ……。

京之介は、人影の隠れた塀の陰に走った。

だが、塀の陰に人影はなかった。

見張っていたのは何者なのか……。

汐崎藩藩士の京之介を見張っているとなれば、別当代の応快や寺侍頭の黒木の手の者と思われる。もし、それ以外の者だとしたなら、御落胤の件は宗憲など汐崎藩の者たちが思っている以上の事態になっているのかもしれない。

京之介は、緊張を覚えた。

二

寺侍頭の黒木が、二人の配下を従えて土屋屋敷から出て来た。

京之介は、塀の陰から見守った。

黒木と二人の配下は、土屋屋敷から猿楽町《さるがくちょう》に向かった。

京之介は追った。

大目付は五人いる。

他の大目付の処《ところ》にも行くのか……。

もし、そうであれば、黒木は大目付たちの屋敷を廻り、御落胤の件について根廻しをしているのかもしれない。

京之介は、事態を見極めようと黒木たちを追った。


寺侍頭の黒木兵部は、猿楽町にある旗本屋敷を訪れた。

京之介は、斜向《はす》かいの旗本屋敷の門前を掃除していた中間に小粒《こつぶ》を握らせ、黒木の入った旗本屋敷について尋ねた。

屋敷の主の速水兵庫《はやみひょうご》は二千石取りの旗本であり、何の役目にも就いていない小《こ》普請組《ぶしんぐみ》だった。

小普請組の速水兵庫……。

京之介は戸惑った。

黒木は、速水屋敷で半刻程を過ごし、二人の配下を従えて来た道を戻り始めた。

京之介は、大目付に根廻しをしているという己の睨《にら》みが外れたのを知った。

黒木は、猿楽町の速水屋敷から寛永寺に真っ直ぐ戻った。

京之介は見届けた。

大目付の土屋主水正と小普請組の速水兵庫は、御落胤の件に何らかの拘《かか》わりがあるのかもしれない。

あるとしたら、どのような拘わりなのか……。

京之介は、見張りを解いて寛永寺の黒門を出た。

何者かが見ている……。

京之介は、再び得体の知れぬ視線を感じた。だが、得体の知れぬ視線には、前のものとは違って微かな殺気が含まれていた。

別人……。

京之介は、黒門から不忍池の畔《ほとり》に向かった。

殺気を含んだ視線は追って来た。


昼下がりの不忍池の畔には散策する人も少なく、木洩れ日だけが揺れていた。

京之介は、尾行《つけ》て来る視線の主を窺いながら人気《ひとけ》のない畔を進んだ。

饅頭笠《まんじゅうがさ》を被《かぶ》った二人の雲水が、後からやってくるのが窺えた。

奴らだ……。

京之介は、背後から来る二人の雲水が殺気を含んだ視線の主だと見定めた。

不忍池を吹き抜けた風が、傍らの雑木林の木々の梢を揺らした。

京之介は、不意に雑木林に入った。

二人の雲水は、京之介を追って雑木林に駆け込んだ。


雑木林は薄暗く、斜光が塵《ちり》を巻いて煌《きら》めいていた。

京之介は、木陰に身を潜めて二人の雲水が来るのを待った。

二人の雲水が、京之介を捜しながら駆け込んで来た。

「私に用か……」

二人の雲水は、京之介の声に咄嗟《とっさ》に錫杖《しゃくじょう》を構えた。

京之介は、木陰から出て二人の雲水の前に立った。

二人の雲水は、饅頭笠を取って素早く錫杖を振った。

錫杖の鐺《こじり》から槍の細い穂先が飛び出した。

「どうやら、只《ただ》の坊主ではないようだな」

京之介は苦笑した。

「おのれ、汐崎藩の者か……」

二人の雲水は、槍となった錫杖の細い穂先を京之介に向けた。

「さあな……」

京之介は嘲りを浮かべた。

刹那《せつな》、雲水の一人が地を蹴り、細い穂先を煌めかせて京之介に襲い掛かった。

京之介は、僅かに身体を開いて突き出された錫杖を見切って躱《かわ》し、霞左文字を抜き打ちに放った。

霞左文字は輝きとなり、錫杖を両断した。

襲い掛かった雲水は怯《ひる》み、慌てて後退した。

京之介は鋭く踏み込み、霞左文字を抜き放った。

霞左文字は、閃光となって雲水に襲い掛かった。

雲水は、首の血脈《けつみゃく》を断ち斬られ、血を振り撒《ま》いて倒れた。

京之介は、残る雲水を見据えた。

残る雲水は、墨染《すみぞめ》の衣を翻《ひるがえ》して逃げた。

京之介は、両断した錫杖の細い穂先を拾って逃げる雲水に投げた。

細い穂先は煌めきながら飛び、逃げる雲水の太股に突き刺さった。

雲水は、太股から血を流し、蹈鞴《たたら》を踏んで倒れ込んだ。

京之介は駆け寄り、倒れた雲水の胸倉を踏み付け、顔に霞左文字を突き付けた。

「別当代の応快の配下か……」

京之介は、厳しい面持ちで訊いた。

「お、おのれ……」

雲水は、悔しげに京之介を睨み、顔を醜く歪めて痙攣《けいれん》し始めた。

京之介は、雲水の異変に気付いた。

雲水は、顔色を蒼白に変え激しく痙攣して絶命した。

毒を呷った……。

雲水は、京之介に責められるのを恐れ、隠し持っていた毒を飲んだのだ。

京之介は、霞左文字に拭《ぬぐ》いを掛けて鞘に納め、死んだ二人の雲水に手を合わせて雑木林を後にした。


汐崎藩江戸上屋敷は、夕暮れに包まれていた。

京之介は、侍長屋に戻って佐助の給仕で夕餉《ゆうげ》を終えた。

「どうぞ……」

佐助は、京之介に茶を差し出した。

「うん。で、昼間、屋敷に変わった事はなかったか……」

「はい。これといって……」

佐助は、京之介が外出している間、屋敷内の動きを見張っていた。

「そうか……」

「そういえば、昼過ぎにお目付の大貫竜之進《おおぬきりゅうのしん》さまがお見えになりました」

「大貫が……」

「はい。それでお言付《ことづ》けがありますかと尋ねると、顔を見に来ただけだとお笑いになられてお帰りになられました」

「顔を見に来ただけだと申したのか……」

京之介は眉をひそめた。

大貫竜之進は、京之介に何かの用があって来たのは間違いない。そして、用は言付けの出来ない事なのだ。

「はい。それで昼過ぎにお出掛けになられまして、未だお戻りになられておりません」

「そうか……」

京之介は茶をすすった。

「して、京之介さまの方は……」

「うむ。それなのだが……」

京之介は、寺侍頭の黒木兵部を尾行し、雲水たちに襲われた事を教えた。

「それにしても毒を呷って死ぬとは……」

佐助は眉をひそめた。

「うむ。槍を仕込んだ錫杖といい、おそらく忍びの者かもしれぬ」

「はい。で、京之介さま、雲水の他にも見張っている者がいるのですね」

「うむ……」

京之介は頷いた。

「その者も殺気を……」

「いや。殺気は窺えなかった」

京之介は、大目付の土屋屋敷の前で塀に隠れた人影を思い浮かべた。

「となると、どうして京之介さまを尾行《つけ》たのですかね」

佐助は首を捻った。

「分からぬのはそこだな……」

「雲水たちは応快の配下でしょうが……」

佐助は読んだ。

「他の者なら、御落胤の一件には何者かが潜んでいるか……」

「きっと……」

佐助は頷いた。

「潜んでいる者を見定める為にも、尾行た者の正体、摑《つか》む必要があるな」

京之介は、厳しさを過ぎらせた。

三日後、御落胤の和千代は江戸に到着する。

それ迄に、久能山東照宮別当寺の別当代の応快と寺侍頭の黒木兵部の狙いが、御落胤の和千代と宗憲の父子対面だけなのか見定めなければならない。

京之介は、尾行た者の正体を摑む手立てを思案した。

翌朝、京之介は目付の大貫竜之進の侍長屋を訪れた。

大貫竜之進は、昨日出掛けたまま帰っていなかった。

大名家の目付は、家中の者の行動を監視し、犯罪などを探索するのが役目だ。

大貫は、目付として探索に出掛けているのかもしれない。

話は帰ってからだ……。

京之介は、佐助に見送られて上屋敷を出た。


愛宕下大名小路は、大名たちの登城も終わり微かな安堵《あんど》が漂っていた。

京之介は、汐崎藩江戸上屋敷を出て大名小路を見廻した。

大名小路は、連なる大名屋敷の門前を中間や小者が掃除をしているぐらいで不審な者や人影はなかった。

京之介は、大名小路を通って上野寛永寺に向かった。

僅かな時を置いて、汐崎藩江戸上屋敷の裏から菅笠《すげがさ》を被った佐助が現われ、京之介を追った。

大名小路を北に進むと、外濠《そとぼり》に架かる幸橋《さいわいばし》御門前久保《くぼ》丁原《ちようはら》に出る。

京之介は、尾行て来る者の視線を探しながら土橋《どばし》を渡り、外濠沿いを進んだ。

佐助は、京之介との距離を充分に取って追った。

今の処、京之介を尾行る者は現われていない。

佐助は、小さく見える京之介の後ろ姿を見据えて進んだ。

外濠沿いの道を常盤橋《ときわばし》御門の先の鎌倉河岸《かまくらがし》迄進み、神田八ッ小路から神田川を渡り、下谷御成街道を抜けて上野寛永寺に行く。

京之介と佐助は、寛永寺迄の道筋をそう打ち合わせていた。

京之介は、打ち合わせ通りの道筋を進んでいる。

佐助は追った。


見詰める視線は感じない……。

京之介は、神田八ッ小路を抜けて神田川に架かる筋違御門を渡った。そして、神田花房町《はなぶさちよう》から御成街道に入った時、見詰める視線を感じた。

現われた……。

京之介は、尾行る者が現われたのに気が付き、それとなく背後を窺った。
塗笠を被った着流しの侍が、背後から来る者たちの中にいた。
奴か……。
おそらく尾行て来る着流しの侍は、京之介の行き先を上野東照宮だと読んでいる筈だ。
京之介は、御成街道を進んだ。

塗笠を被った着流しの侍……。
佐助は、京之介の背後に現われた塗笠を被った着流しの侍に気が付いた。
尾行る者かもしれない……。
佐助は、塗笠を被った着流しの侍を見据えて追った。

下谷広小路は賑わっていた。
京之介は三橋を渡り、上野仁王門前町《におうもんぜんまち》の茶店に入って茶を頼んだ。そして、行き交う人々の中に塗笠を被った着流しの侍を捜した。

塗笠を被った着流しの侍は、何処にも見えなかった。

おそらく、何処かに潜んで見張っているのだ。

京之介は茶をすすった。

佐助が茶店に入って来て茶を頼み、京之介の背後の縁台《えんだい》に腰掛けた。

「塗笠を被った着流しの侍ですか……」

佐助は、背後から京之介に囁いた。

「うむ。何処にいる」

京之介は、人通りを眺めながら茶を飲んだ。

「斜向かいの路地に……」

佐助は、京之介を見張る塗笠を被った着流しの侍の居場所を見定めていた。

「よし。決して無理はするな」

如何に子供の時から軽業《かるわざ》を仕込まれている佐助でも、相手によっては逃げ切れない事もある。

「承知しております。じゃあ……」

佐助は、運ばれて来た茶を飲み干し、軽い足取りで茶店を出て行った。

京之介は、温《ぬる》くなった茶を飲みながら見送った。

佐助は、塗笠を被った着流しの侍を追って素性《すじょう》と行き先を突き止める手筈だ。

京之介は、佐助が塗笠を被った着流しの侍の後を取るのを見計らって茶店を出た。


上野東照宮別当寺は表門を閉ざしていた。

京之介は、別当寺の様子を窺った。

別当寺の境内に人影はなく、経を読む声も聞こえなかった。だが、微かな緊張が漂っていた。それは昨日、京之介が不忍池の畔の雑木林で二人の雲水を倒した事に拘わりがあるのだ。となれば、既に応快や黒木兵部たちは、秘かに別当寺の警戒をしている筈だ。

京之介は、油断なく辺りを見廻した。

辺りの木陰や物陰に人影はなかった。だが、応快や黒木の手の者は、気配を消して潜んでいるのかもしれない。そして、塗笠を被った着流しの侍にも見張られているのだ。

いずれにしろ、下手な真似は出来ない……。

京之介は苦笑した。
辺りの木陰や物陰が微かに揺れた。
京之介は、三橋を渡って上野元黒門町《もとくろもんちょう》に進み、裏通りの一膳飯屋に入った。
塗笠を被った着流しの侍は、物陰から一膳飯屋に入った京之介を見守った。
佐助は、京之介を見守る塗笠を被った着流しの侍を見張った。
半纏《はんてん》を着た男が、広小路から裏通りに入って来た。
佐助は、素早く物陰に隠れた。
半纏を着た男は、塗笠を被った着流しの侍に駆け寄った。
佐助は見守った。
塗笠を被った着流しの侍は、半纏を着た男に一膳飯屋を示して何事かを囁《ささや》いた。
半纏を着た男は頷いた。
塗笠を被った着流しの侍は、半纏を着た男を残して下谷広小路に向かった。
見張りを交代した。
どうする……。

佐助は迷った。だが、直ぐに迷いを振り払い、塗笠を被った着流しの侍を追った。

塗笠を被った着流しの侍は、下谷広小路から御成街道を戻り、神田川沿いの道に出た。そして、小石川《こいしかわ》御門に向かった。

何処に行く……。

佐助は、塗笠を被った着流しの侍の行き先を突き止めようと慎重に追った。

塗笠を被った着流しの侍は、昌平橋《しょうへいばし》、湯島聖堂《ゆしませいどう》、水道橋《すいどうばし》などの前を通り、中間が門前の掃除をしている大名屋敷に向かった。

中間は、門前の掃除の手を止めて塗笠を被った着流しの侍を迎えた。

塗笠を被った着流しの侍は頷き、潜り戸から大名屋敷に入って行った。

佐助は見届けた。

大名屋敷は、佐助も知っている常陸《ひたち》国水戸藩江戸上屋敷だった。

水戸藩は、尾張《おわり》藩や紀州《きしゅう》藩と並ぶ御三家の一つであり、公儀に隠然たる力を持っていた。

塗笠を被った着流しの侍は、水戸藩の家来だった……。

佐助は、掃除をしている中間に近付いた。

「ちょいとお尋ね致しますが、今お入りになられたお侍さまは大貫竜之進さまではないでしょうか」

佐助は、汐崎藩目付の名を使った。

「いいえ。今のお方は望月蔵人《もちづきくらんど》さまにございますよ」

中間は眉をひそめた。

「望月蔵人さま……」

「ええ……」

「そうですか、大貫さまではございませんでしたか。いや、お忙しい処、御造作をお掛け致しました」

佐助は、早々に話を切り上げて中間から離れた。

塗笠を被った着流しの侍は、水戸藩家臣の望月蔵人……。

佐助は突き止めた。

京之介は、上野元黒門町の裏通りの一膳飯屋を出た。そして、辺りに塗笠を被った着流しの侍の視線を探した。だが、視線は感じられなかった。

京之介は、戸惑いながらも下谷広小路に向かった。

何者かが尾行て来る気配がした。だが、その気配は、塗笠を被った着流しの侍のものとは明らかに違っていた。

もし、見張りを交代したとしても、塗笠を被った着流しの侍は佐助が追っている筈だ。

京之介は、下谷広小路を抜けて御成街道を神田川に向かった。そして、神田川に架かる筋違御門を渡り、神田八ッ小路に出た。

神田八ッ小路から外濠に抜け、外濠沿いを愛宕下大名小路の汐崎藩江戸上屋敷に帰る。

尾行て来る者は、京之介の素性を知っている筈だ。知っている限り、尾行て来る者を撒く小細工は無用だ。しかし、何者か見届ける必要はある。

京之介は、外濠沿いを進んで足早に呉服橋《ごふくばし》御門を渡った。そして、尾行て来る者が呉服橋御門を渡り始めた頃を見計らって戻った。

呉服橋御門を来た半纏を着た男が、狼狽えた面持ちで身を翻した。

尾行て来た者……。

京之介は見定めた。

半纏を着た男は、日本橋川沿《にほんばしがわ》いを逃げ去って行った。

京之介は、不敵な笑みを浮かべて見送った。


汐崎藩江戸上屋敷は、藩主の宗憲も下城して微かな緊張に覆われていた。

京之介は、侍長屋の己の家に戻った。

僅かな時が過ぎた時、佐助が戻って来た。

「突き止めたか……」

京之介は尋ねた。

「はい。塗笠を被った着流しの侍の名は望月蔵人……」

佐助は報せた。

「望月蔵人……」

「はい。そして、小石川の水戸藩江戸上屋敷に入りました」

佐助は、緊張を滲ませた。

「水戸藩江戸上屋敷……」

京之介は眉をひそめた。

「はい……」

「ならば水戸家の者か……」

「間違いありません」

佐助は頷いた。

塗笠を被った着流しの侍は、水戸藩家中の望月蔵人。

京之介は知った。

水戸徳川家は、汐崎藩藩主堀田宗憲の正室お香の方の実家だ。

その水戸徳川家の家臣の望月蔵人が、秘かに京之介を見張っていたのだ。

京之介は、戸惑いながらも事態を読もうとした。

京之介が、御落胤和千代の一件に関して調べるように命じられたのは一昨日の夜だ。そして、何者かの視線を感じたのは昨日からだ。

その視線の主が望月蔵人ならば、水戸藩は昨日の朝には御落胤の件と京之介が調べるのを知っていた事になる。

何故だ……。

京之介は、厳しさを滲ませた。

三

水戸徳川家は何を考えているのか……。

その水戸藩は何故、御落胤の一件を早々と知ったのか……。

京之介に疑念が湧いた。

「それにしても水戸藩の家来、どうして京之介さまの後を尾行たりするんですかね」

佐助は首を捻った。

「佐助、我が殿正室のお香の方さまは、水戸徳川家の出だ」

「じゃあ、水戸藩は奥方さまの実家なんですか……」

佐助は眉をひそめた。

「うむ……」

京之介は頷いた。

正室お香の方は、御落胤の一件を何故か逸早《いちはや》く知ったのかもしれない。

京之介は、御落胤の一件が正室お香の方にとってどのようなものか考えた。

お香の方にとり、御落胤和千代は腹立たしく目障《めざわ》りなだけだ。

御落胤の和千代は、宗憲の長子であっても庶子《しょし》であり、嫡子ではない。嫡子でない限り汐崎藩堀田家の家督は継げず、正室お香の方の子である嫡子の千代丸の敵ではない。だが、我が子である嫡男千代丸に万一の事があった時、御落胤の和千代の存在は大きく浮かび上がる。

お香の方は恐れた。

御落胤和千代は、お香の方と嫡男千代丸にとって災いの元でしかない。

お香の方は、御落胤の和千代の一件を実家の水戸徳川家に報せた。

水戸徳川家は、直ぐに汐崎藩に探りを入れた。そして、御刀番の左京之介が、御落胤の一件を調べる事になったのを知り、望月蔵人に探らせ始めた。

京之介は読んだ。

水戸徳川家の御落胤和千代への思いは、正室お香の方と同じとみて良い。そして今の処、汐崎藩藩主の堀田宗憲も御落胤の和千代の出現を迷惑だと考えている。しかし、宗憲が心変わりし、御落胤の和千代をそれなりに遇する恐れがあるのだ。

水戸徳川家はそれを疑っている。

それだけ、水戸徳川家は宗憲を信用していないと云える。

水戸徳川家の望月蔵人が京之介を見張るのは、宗憲の出方と真意を見定めようとしているのかもしれない。

仮に御落胤の事を水戸徳川家に報せたのが、お香の方でなかったとしたら……。

いずれにしろ、汐崎藩に内通する者がいるのは間違いない。

誰だ……。

御落胤の和千代の存在を逸早く知ったのは、応快と黒木兵部の応対をした江戸留守居役の村山仁兵衛だ。そして、村山の報せを受けた江戸家老の梶原頼母だ。

京之介が、探索を命じられたのはその日の夜だ。そして翌日、上野東照宮別当寺に赴《おもむ》いた京之介は、既に望月蔵人に見張られていた。

二人のどちらかが、正室お香の方か水戸徳川家に内通したのだ。

京之介は睨んだ。

侍長屋の腰高障子《こしだかしょうじ》は夕陽に映えた。

燭台の火は、上座に座った宗憲の巻き起こした微風に揺れた。

「面《おもて》をあげるがよい」

宗憲は、平伏している江戸家老の梶原頼母、江戸留守居役の村山仁兵衛、京之介に命じた。

「ははっ……」

梶原が平伏《へいふく》を解き、村山と京之介は続いた。

「して左、何か分かったのか……」

宗憲は、面倒を抱え込んだと云わんばかりの眼を京之介に向けた。

すべては己の不行跡《ふぎょうせき》の所為《せい》だ……。

京之介は、秘かに苦笑した。

「はっ。応快と共に当屋敷を訪れた寺侍頭の黒木兵部、駿河台の旗本土屋主水正さまの御屋敷を訪れました」

「ま、まことか左……」

村山は狼狽えた。

「はい」

「左、土屋主水正とは何者だ」

宗憲は、微かな苛立ちを見せた。

「御公儀大目付にございます」

京之介は、宗憲を見据えて告げた。

「公儀大目付……」

宗憲は、土屋主水正が大名を監察する大目付と知って狼狽えた。

「さ、左様にございます」

村山は、喉を鳴らして頷いた。

「ひ、左、黒木は土屋の屋敷に何用があって行ったのだ」

「さあ、そこ迄は……」

京之介は苦笑した。

「そうか……」

宗憲は、落ち着きを失った。

「ならば左、大目付の土屋さま、既に殿の御落胤の一件、知っていると申すか……」

江戸家老の梶原は眉をひそめた。

「おそらく……」

京之介は頷いた。

宗憲、梶原、村山は、顔を強張《こわば》らせて言葉を失った。

「ですが、土屋さまが知ってどうするかは分かりません。此処は御留守居役の村山さまが探りを入れ、様子を窺うべきかと……」

京之介は、村山を一瞥《いちべつ》した。

「い、云われる迄もない……」

村山は、慌てて遮《さえぎ》った。

「して左、黒木は如何致した」

宗憲は、微かな怯えを窺わせた。

「その後、やはり旗本の速水兵庫の屋敷に参りました」

「速水兵庫。役目は何だ」

宗憲は、緊張を滲ませた。

「無役の小普請組にございます」

京之介は告げた。

「無役……」

宗憲は、拍子抜けをしたような面持ちになり、微かな侮りを浮かべた。

「はい。ですが、黒木がわざわざ訪れたからには、御落胤の一件に何らかの拘わりがあるやもしれません」

京之介は、苛立たしげに宗憲を見詰めた。

「何らかの拘わりか……」

宗憲は困惑した。

「はい。拘わりが何かは分かりませぬが……」

京之介は、宗憲を見据えた。

宗憲は、再び怯えを過ぎらせた。

己に都合の悪い事を無視しようとするのは、愚か者の証だ。

京之介は、宗憲に対して微かな嫌悪を覚えた。

「それで左、応快と黒木、他には……」

梶原は、京之介に応快と黒木のその後の動きを訊いた。

「応快と黒木、上野東照宮別当寺の護りを固め、様子を窺った私も配下と思われる雲水共に襲われました」

「襲われた……」

宗憲は眉をひそめた。

「拙者を汐崎藩の放った御落胤和千代さまへの刺客と思っての事かと……」

京之介は告げた。

「そうか。応快たちにも油断はないか……」

梶原は睨んだ。

「はい。襲ってきた雲水たちも只者ではありません」

「只者ではない……」

梶原は眉をひそめた。

「はい。捕えて正体を吐かせようとした処、毒を呷って死にました」

「毒を呷った……」

宗憲、梶原、村山は、思わず顔を見合わせた。

「はい……」

京之介は、厳しい面持ちで頷いた。

「御落胤の和千代さまが江戸に到着されるのは明後日。明日、応快と黒木が殿との御対面をいつにするか決めに来る手筈。殿、和千代さまとの御対面、どうされますか……」

梶原は、宗憲を見詰めた。

「う、うむ……」

宗憲は、事実と正面から向かい合うのを恐れ、曖昧《あいまい》に言葉を濁した。

「恐れながら申し上げます」

京之介は、宗憲の優柔不断さに苛立ちを感じずにはいられなかった。

「何だ、左……」

「御落胤の和千代さまと殿がお下げ渡しになられた来国俊の小太刀、真偽を見定める為には、一刻も早い御対面をされるべきかと存じます」

京之介は、宗憲を見据えた。

「某《それがし》も左の申す通りかと存じます」

梶原は、京之介の言葉に頷いた。

「村山、その方はどうだ」

「はっ。拙者も梶原どのや左の申す通り……」

「分かった。もう良い」

宗憲は、村山の言葉を遮った。

「はっ……」

村山は平伏した。

「梶原、和千代との対面、出来るだけ早く致すが良い」

宗憲は、腹立たしげに云い放って座を立った。

「ははっ。畏《かしこ》まりました」

梶原は平伏した。

宗憲は、足音を鳴らして座敷から出て行った。

梶原、村山、京之介は、平伏して見送った。

京之介は、御落胤の件が水戸徳川家に知れ、既に動き出しているのを報せなかった。

それは、江戸家老の梶原頼母と留守居役の村山仁兵衛を警戒しての事でもあり、水戸徳川家の動きを見定めてからなのだ。だが、報せなかった最も大きな理由は、宗憲が水戸徳川家が既に動いているのを知り、その力を恐れて狼狽え逆上し、御落胤の和千代に何をするか分からないからだった。

「では、私もこれで……」

京之介は、梶原と村山に一礼して座敷を後にした。

大貫竜之進が戻っているかもしれない……。

御殿から退出した京之介は、目付の大貫竜之進の暮らす侍長屋に向かった。

侍長屋の家々には、小さな明かりが灯され人の気配がした。だが、大貫竜之進の家は暗かった。

京之介は、暗い家の腰高障子を小さく叩いた。

暗い家から返事はなく、人のいる気配もなかった。

目付の大貫竜之進は、今夜も汐崎藩江戸上屋敷に帰って来てはいない。

何かあったのか……。

京之介は、大貫竜之進の用が気になってならなかった。


昼下がり。

久能山別当寺別当代の応快は、寺侍頭の黒木兵部と配下の者を従えて汐崎藩江戸上屋敷を訪れた。

江戸家老の梶原頼母と江戸留守居役の村山仁兵衛は、応快と黒木を書院で迎えた。

京之介は、敷居際に控えて書院の様子を見守った。

「さて、御落胤の和千代さま、久能山東照宮から恙《つつが》無く道中をお続けになられ、御予定通り、明日の昼には上野東照宮に御到着になられます」

応快は、梶原と村山に告げた。

「それは重畳《ちようじよう》……」

梶原は頷いた。

「して、宗憲さまと和千代さまの御対面の儀は……」

応快は、梶原に探るような眼を向けた。

「左様、御対面の儀、明後日未《ひつじ》の刻八つ（午後二時）、当屋敷にて如何かな」

梶原は告げた。

「明後日、未の刻八つにございますか……」

応快は、余りの順調さに戸惑った。

「左様……」

梶原は、応快に笑い掛けた。

「結構にございます」

応快は応じた。

「うむ。ならば明後日未の刻八つ、御落胤の和千代さま、当屋敷にお連れ致すが良かろう」

梶原は、宗憲と御落胤の和千代との対面の手筈を決めた。

「はい。和千代さま、さぞやお喜びになられる事にございましょう」

「それは何より。さすれば応快どの、和千代さまがまこと我が殿の御落胤である証の来国俊の小太刀、お忘れなきようにな」

梶原は告げた。

「心得ております」

応快は、薄笑いを浮かべて頷いた。

「応快どの、我が殿は和千代さまがまこと御落胤ならば、それなりの処遇をお考えにございます。くれぐれも先走った真似はなされぬようにな」

村山は、厳しい面持ちで応快に釘を刺した。

「村山どの、何事も和千代さまのお幸せを願っての事にございます。のう、黒木どの……」

応快は、苦笑しながら黒木を一瞥した。

「左様。御懸念《ごけねん》は御無用にございます」

黒木は笑顔で頷いた。

応快と黒木の笑みには、狡猾《こうかつ》さと侮りが隠されている……。

京之介は見抜いた。

そして、狡猾さと侮りの隠されている笑みには、和千代の幸せを願う以外のものが潜んでいる。

京之介の勘は囁いた。

四半刻《しはんとき》（三十分）が過ぎた。

応快と黒木は、汐崎藩江戸上屋敷を後にした。

真っ直ぐ上野東照宮に帰るのか……。

京之介は、見届けようと一行を追った。

直ぐに何者かの視線を感じた。

水戸徳川家家来の望月蔵人か半纏の男なのか……。

京之介は、応快と黒木たちを追いながら視線の主を見定めようとした。

視線の主は追って来た。

おそらく望月蔵人……。

京之介は睨んだ。

何故なら半纏を着た男の顔は、呉服橋御門で見定めたからだ。尾行を見破られた半纏を着た男が、再び尾行て来るとは思えない。

京之介は、思いを巡らせながら応快と黒木たちを追った。

応快と黒木は、外濠沿いを下谷に向かった。

外濠沿いから八ッ小路を抜け、神田川に架かる筋違御門を渡り、御成街道を進むと下谷広小路となり、上野東照宮のある東叡山寛永寺だ。

応快と黒木たちは、筋違御門を渡って御成街道に進んだ。

上野東照宮別当寺に戻る……。

京之介は、筋違御門の北詰に立ち止まって応快と黒木一行を見送った。

見詰める視線は続いていた。

京之介は、筋違御門を振り返った。

筋違御門を行き交う人々の中に、塗笠を被った着流しの侍を捜した。だが、そうした侍の姿は見当たらなかった。

京之介は、筋違御門の北詰から神田川沿いを西に向かった。

昌平橋、湯島聖堂、水道橋、そして小石川御門……。

京之介は、尾行てくる視線の主を意識しながら進んだ。そして、小石川御門の北詰に立ち止まった。

小石川御門の北詰の前には、常陸国水戸藩江戸上屋敷があった。

京之介は、塗笠をあげて水戸藩江戸上屋敷の表門を眺めた。

尾行ている者が望月蔵人ならば、京之介の行動に戸惑っている筈だ。

京之介は辺りを見廻し、誰かを待つ面持ちで佇《たたず》んだ。

僅かな時が過ぎ、羽織袴の家来が水戸藩江戸上屋敷から出て来た。

京之介は、意味ありげに辺りを窺い、羽織袴の家来に駆け寄った。

「やあ。水戸藩御家中の方ですな」

京之介は、羽織袴の家来に笑い掛けた。

「左様だが、おぬしは……」

羽織袴の家来は戸惑った。

「望月蔵人に言付けを頼む。大目付配下の者共が探索を始めた。気を付けろとな」

京之介は囁き、小石川御門に身を翻した。

「お、大目付……」

羽織袴の家来は、激しく狼狽えた。

京之介は、小石川御門を渡って消えた。

塗笠を被った着流しの侍が、狼狽えている羽織袴の家来に駆け寄った。

「おお、望月……」

羽織袴の家来は、思わず叫んだ。

尾行ていたのは、やはり望月蔵人だった。

「おぬし、今の者とどのような拘わりだ」

望月は、咎めるように尋ねた。

「黙れ、おぬしこそ何をしているのだ」

羽織袴の家来は、厳しく言い返した。

二人は、疑心暗鬼に駆られて睨み合った。

京之介は、小石川御門の陰から冷笑を浮かべて見守った。

四

夜、汐崎藩江戸上屋敷は闇に沈んでいた。

見廻組の龕燈《がんどう》の明かりは、上屋敷の敷地内を四半刻毎《ごと》に行き交っていた。

三縁山《さんえんざん》増上寺の鐘が静かに響き渡った。

子《ね》の刻九つ（午前零時）だ。

表門の門番所には、宿直《とのい》の番士と中間たちが詰めていた。

不意に潜り戸が音を立てた。

「何だ……」

中間は、怪訝《けげん》に潜り戸の小窓を開けて外を覗いた。

潜り戸の外に男が倒れていた。

「あっ……」

中間は、思わず声をあげた。

「どうした」

番士が眉をひそめた。

「男の人が倒れています」

「男の人……」

番士は、小窓を覗いて人が倒れているのを見定め、潜り戸を開けて表門の前に出た。

中間が、龕燈を手にして続いた。

龕燈の明かりは、倒れている男の血に塗《まみ》れた背中を浮かびあがらせた。

慌ただしく行き交う足音が微かに聞こえ、腰高障子の開けられる音がした。

京之介は、蒲団の上に身を起こした。

佐助が、腰高障子を閉めていた。

「どうした……」

「お目覚めでしたか……」

「うむ。何かあったのか……」

「お目付の大貫竜之進さま、深手《ふかで》を負ってお戻りになられたそうにございます」

佐助は、緊張した面持ちで告げた。

「大貫どのが深手で……」

京之介は驚いた。

「はい。今、藩医の宗方道斎《むなかたどうさい》先生が手当てをされているそうですが……」

佐助は眉をひそめた。

「危ないのか……」

「はい……」

京之介は、侍長屋の大貫の家に向かった。

「よし」

大貫竜之進は、青ざめた顔で息を荒く乱して意識を失っていた。

「如何ですか……」

京之介は、手当てを終えた藩医の宗方道斎に尋ねた。

「手は尽くしたが、気を失ったままだ」

道斎は、厳しい面持ちで大貫の様子を見守っていた。

「傷はどのようなものですか……」

京之介は尋ねた。

「うむ。全身に浅い切り傷、背と肩に刺し傷、そして背中の袈裟懸《けさが》けの一太刀がかなりの深手……」

「背と肩に刺し傷……」

京之介は眉をひそめた。

「うむ。深さから見て、おそらく手裏剣による傷だな」

「手裏剣……」

「左様、忍びの者が使うようなものかもしれぬ」

道斎は頷いた。

忍びの者……。

京之介は、不忍池の畔で毒を呷った雲水を思い浮かべた。

雲水は、久能山東照宮の別当代応快の手の者の筈だ。

大貫を斬った忍びの者は、応快の手の者なのかもしれない。

大貫は、上野東照宮の別当寺に忍び込んでいたのか……。

だが、京之介が上野東照宮の別当寺を窺っていた限り、そのような様子は感じられなかった。

京之介は、大貫の着ていた血塗れの着物を検《あらた》めた。

斬り裂かれ血に汚れた着物は、羽織と軽衫袴《かるさんばかま》、そして手甲脚絆《てっこうきゃはん》があった。

京之介は、大貫の履き物を見た。

履き物は、擦り切れた草鞋《わらじ》だった。

軽衫袴に手甲脚絆、そして草鞋……。

京之介は、大貫が旅仕度でいたのに気が付いた。

大貫は旅に出ていた……。

京之介は、大貫が江戸上屋敷に戻って来なかった理由を知った。

大貫竜之進は、旅に出た先で応快配下の忍びの者と闘った。仮にそうだとしたなら、大貫は御落胤の和千代一行の許《もと》に行っていたのかもしれない。

京之介は読んだ。

大貫は、誰の指示で動いたのだ。

江戸家老の梶原頼母か留守居役の村山仁兵衛、或いは宗憲なのか……。

京之介の読みに容赦はなかった。

何《いず》れにしろ、今は大貫が命を取り留めるのを願うしかない。

京之介は、昏睡状態の大貫竜之進の家を出て表門に向かった。


大名小路は、夜の闇と静寂に包まれていた。

京之介は、表門前に佇んで周囲の闇を透《す》かし見た。

大名小路や連なる大名屋敷の大屋根……。

京之介は、大貫を追って来た忍びの者が潜んでいるかどうか探った。

大名小路や大名屋敷の大屋根には、忍びの者が潜んでいる気配は窺えなかった。


御落胤の和千代が、江戸に到着する日になった。

京之介は、汐崎藩江戸上屋敷を出て高輪《たかなわ》の大木戸に向かった。

増上寺前を抜けて金杉橋《かなすぎばし》を渡り、東海道を高輪に進んだ。

東海道を行き交う旅人は、既に旅立つ者は少なく到着した者が多かった。

高輪の大木戸は、旅立つ人との別れの時も過ぎ、茶店や料理屋に客は少なかった。

京之介は、茶店の奥の縁台に腰掛け、茶を注文して大木戸を眺めた。

大貫竜之進は、今朝になっても気を取り戻す事はなく、か細い息を辛うじて繋《つな》いでいた。

京之介は、江戸家老の梶原か留守居役の村山が大貫の許を訪れるかどうか、佐助に見張らせていた。

「お待たせしました」

茶店の老爺《ろうや》が茶を持って来た。

「うむ。処《ところ》で父っつぁん、坊主の一行が江戸に入らなかったかな」

京之介は、茶を飲みながら茶店の老爺に尋ねた。

「お坊さまの御一行ですか……」

「うむ……」

「さあ、見掛けませんでしたねえ」

老爺は、白髪頭を傾げた。

「そうか……」

久能山東照宮別当寺の和千代の一行は、未だ高輪の大木戸を通っていないようだ。

京之介は、大木戸を通って江戸に入る旅人を眺めた。

寺侍頭の黒木兵部が、二人の配下を従えてやって来た。

京之介は、茶店の奥の暗がりに身を引いた。

黒木は、和千代を迎えに来たのだ。

一行を見定める手間が省けた……。

京之介は、黒木たちを見張った。

四半刻が過ぎた。

饅頭笠を被った雲水の一団が、錫杖の鐶《かん》を鳴らしてやって来た。

来た……。

京之介は、塗笠を目深に被った。

黒木と二人の配下は、雲水の一団の前に進み出た。

雲水の一団は止まった。

黒木は、雲水の宰領頭《さいりょうがしら》と言葉を交わし、一団の中程にいる駕籠に進んで脇に控えた。

駕籠の垂れがあがり、青々とした剃り跡の頭の少年僧が顔を見せた。

御落胤の和千代……。

京之介は見定めた。

黒木は、和千代と言葉を交わして立ち上がった。そして、雲水の宰領頭を促して一団に出立《しゅったつ》を告げた。

雲水の一団は、和千代の乗る駕籠を護るかのように隊伍《たいご》を組み、東海道を北に進み始めた。

錫杖の鐶が鳴った。

京之介は、茶代を置いて茶店を出た。

雲水の一団は、東海道を日本橋に抜けて東叡山寛永寺に行く。

京之介はそう読み、去って行く一団を追い掛けようとした。

旅姿の武家女が、京之介の傍を通って雲水の一団の後を行った。その足取りは、まるで雲水の一団を追うかのようだった。

雲水の一団に拘わりのある女……。

京之介の勘が囁いた。

旅姿の武家女は、雲水の一団を追っているのだ。

京之介は、旅姿の武家女に続いた。


雲水の一団は、東叡山寛永寺の寺領にある上野東照宮別当寺に到着した。

和千代は、別当代の応快に迎えられて寺に入った。

御落胤の和千代は無事に到着した。

京之介は見届けた。

見届けたのは京之介だけではなく、旅姿の武家女も同じだった。

旅姿の武家女は、日本橋、神田八ッ小路、御成街道、下谷広小路を抜けて進む雲水の一団の後を追って来ていた。

雲水の一団の誰とどのような拘わりがあるのか……。

京之介は、木陰から和千代たちを見ている旅姿の武家女を窺った。

何者なのか……。

京之介は、旅姿の武家女に興味を抱いた。

旅姿の武家女は、和千代が応快や黒木に誘われて別当寺に入ったのを見届け、踵《きびす》を返した。

京之介は、旅姿の武家女を追い掛けようとした。

誰かが見ている……。

京之介は、何者かの己を窺う視線を感じた。

水戸藩の家来の望月蔵人が、木陰から京之介を窺っていた。

此処で旅姿の武家女を追えば、御落胤の一件に拘わりがあると望月に知られてしまう。

だが、旅姿の武家女の正体を突き止めなければならない。

京之介は焦った。

旅姿の武家女は、鐘楼堂の前の道を立ち去って行く。

若い女が、不意に旅姿の武家女の背後に現われた。

京之介は戸惑った。そして、若い女の後ろ姿に見覚えのあるのを感じた。

若い女は、京之介の戸惑いを見透かしたように笑みを浮かべて振り返った。

楓《かえで》……。

京之介は知った。

若い女は、裏柳生《うらやぎゅう》の抜け忍の楓だった。

楓は、京之介に小さく頷いて旅姿の武家女を追って行った。

京之介は、旅姿の武家女を楓に任せて望月を窺った。

望月は、以前とは違って微かな殺気を漂わせていた。それは、水戸藩の家来を利用して翻弄《ほんろう》された怒りなのかもしれない。

京之介は苦笑した。


下谷広小路は賑わっていた。

旅姿の武家女は、賑わいを抜けて不忍池に向かった。

楓は、慎重に追った。


不忍池は光り輝いていた。

旅姿の武家女は、尾行を警戒する様子もなく畔を進んだ。そして、畔の片隅にある料理屋『初川《はつかわ》』の暖簾《のれん》を潜った。

楓は見届けた。

旅姿の武家女は料理屋『初川』の客なのか、それとも縁《ゆかり》のある者なのか……。

江戸に着いたばかりの女の旅人が、不忍池の畔の料理屋に客として一人で訪れるとは思えない。

料理屋『初川』と縁のある者……。

楓は、旅姿の武家女をそう睨み、素性を突き止める手立てを思案した。

料理屋『初川』の暖簾は風に揺れていた。


夕暮れ時、京之介は汐崎藩江戸上屋敷に戻った。

水戸藩の望月蔵人は、京之介を尾行て来なかった。

望月たち水戸藩の狙いは、やはり御落胤の和千代なのだ。

水戸藩は、和千代をどうしようとしているのか……。

京之介は、水戸藩の出方を読んだ。

「京之介さま……」

佐助が駆け寄って来た。

「大貫はどうだ……」

京之介は尋ねた。

「それが、気は取り戻したそうですが、未《ま》だ未だ安心は出来ないとか……」

佐助は告げた。

「ならば、話は未だ出来ぬか……」

京之介は眉をひそめた。

「はい」

佐助は頷いた。

夜、不忍池の畔の料理屋『初川』は客で賑わっていた。

楓は、料理屋『初川』の庭に忍び込み、植込みの陰から連なる座敷を窺った。

連なる座敷には明かりが灯され、客たちが料理と酒を楽しんでいた。

楓は、連なる座敷に旅の武家女を捜した。だが、旅の武家女はいなかった。

旅の武家女は、料理屋『初川』を出てはいない。

料理屋『初川』の何処かにいる……。

楓は、夕暮れ前から見張っており、確信を持っていた。

明かりの灯されていない暗い座敷があった。

楓は、植込み沿いに進んで暗い座敷に忍び込んだ。


暗い座敷に忍び込んだ楓は、廊下を窺った。

料理や酒を運ぶ仲居たちが、廊下を忙しく行き交っていた。

楓は、行き交う仲居たちの途切れた時、暗い座敷を素早く出た。そして、連なる座敷の奥に進んだ。

行く手の座敷から若い仲居が出て来た。

「仲居さん、日暮れ前にお見えになられた御武家の奥さまはどちらですか……」

楓は客を装い、何気なく訊いた。

「あっ、奥さまなら離れにございます」

若い仲居は、廊下の奥を示した。

「ああ。離れですか。御苦労さま……」

楓は、慣れた口調で若い仲居を労《ねぎら》い、廊下の奥に進んだ。


突き当たりの左手に渡り廊下があり、離れ家があった。

楓は、渡り廊下の陰から離れ家を窺った。

離れ家の戸口の陰には、二人の若い衆が警固役として潜んでいた。

旅の武家女は離れ家にいる……。

楓は見定めた。

年増の女将《おかみ》が、帳場からやって来て渡り廊下の前で立ち止まった。

二人の若い衆が、離れ家の戸口の陰から姿を見せた。

「おゆいさまにお変わりありませんね」

年増の女将は、離れ家を示した。

「はい」

「くれぐれも酔ったお客さまを近付けてはなりませんよ」

年増の女将は、二人の若い衆に言い付けた。

「承知しております」

二人の若い衆は頷いた。

「あら、井筒《いづつ》屋の旦那さま……」

年増の女将は、座敷から出て来たお店の旦那に近付いた。

おゆい……。

楓は、旅の武家女の名と料理屋『初川』の者たちが大切に扱っているのを知った。

霞左文字は光り輝いた。

京之介は、明日の宗憲と和千代の父子対面に備えて霞左文字の手入れをした。

父子対面は何事もなく無事に終わるか……。

和千代は本当に宗憲の御落胤なのか……。

旅姿の武家女は何者なのか……。

楓は、その素性を突き止められるのか……。

京之介は、手入れの終えた霞左文字を見詰めた。

霞左文字は深い輝きを放っていた。

深い輝きに邪気はなく、吸い込まれるような美しさを感じさせた。

美しさには恐ろしさが秘められている……。

京之介は、霞左文字の美しさに魅入られた。


汐崎藩主堀田宗憲は、己の御落胤だと称する和千代と対面する日を迎えた。

和千代たちが、汐崎藩江戸上屋敷を訪れるのは未の刻八つ（午後二時）だ。

汐崎藩江戸上屋敷には、朝から微かな緊張が漂っていた。

京之介は、和千代一行の様子を見に佐助を上野東照宮別当寺に走らせていた。

「左さま……」

中間が、京之介の侍長屋の家にやって来た。

「なんだ」

「はい。只今、便《たよ》り屋が手紙を……」

中間は、一通の手紙を差し出した。

便り屋とは、町飛脚とも呼ばれ、賃銭を取って手紙を配達する生業《なりわい》の者だった。

「うむ。御苦労さん」

京之介は、中間を労って手紙の封を切った。

「名はおゆい、不忍池の畔の料理屋初川の離れ家……」

京之介は手紙を読んだ。

手紙には、その他におゆいが料理屋『初川』の者たちに大切に扱われている事が書き記されていた。

楓からの報せだった。

「おゆいか……」

京之介は、旅姿の武家女の名を知った。

楓は、おそらく引き続きおゆいの詳しい素性を探ってくれる筈だ。

増上寺の鐘が、未の刻八つを打ち鳴らし始めた。

「京之介さま……」

佐助が帰って来た。

「来たか……」

増上寺の鐘の音は、低く鳴り響き続けた。

第二章　来国俊

一

御落胤の和千代は、久能山東照宮別当寺別当代の応快と寺侍頭の黒木兵部を従えて御座之間の下段に座った。

江戸家老の梶原頼母と江戸留守居役の村山仁兵衛は、上段の間の下の左右に座っていた。

京之介は、下段の間の敷居際に控えていた。

「殿の御成にございます」

近習《きんじゅ》が告げた。

和千代、応快、黒木は勿論、梶原、村山、京之介たちは平伏した。

汐崎藩藩主の堀田宗憲は、小姓《こしょう》を従えて上段の間に現われた。

「梶原……」

「はっ……」

梶原は顔をあげた。

「余の落胤と申す者か……」

宗憲は、平伏している和千代の青く剃り上げた頭を見詰めた。

「はい。久能山東照宮別当寺お預かりの和千代さまにございます」

梶原は、和千代を引き合わせた。

「うむ……」

「そして、別当代の応快どの、寺侍頭の黒木兵部どのにございます」

梶原は、宗憲に応快と黒木を示した。

「うむ。余が堀田宗憲だ。面をあげい」

「はい」

和千代は、待ち兼ねたように顔をあげて宗憲を見上げた。その眼は、初めて父親に逢う少年の邪心のない輝きに満ちていた。

宗憲は、眩《まぶ》しげに眉をひそめた。

似ている……。

京之介は、宗憲と和千代の顔をそれとなく見比べた。

「その方が和千代と申すか……」

宗憲は、声を上擦《うわず》らせた。

「はい。母はまゆにございます」

和千代は、宗憲に声を掛けられて嬉しげに母の名を伝えた。

「うむ。歳は幾つになる」

「十五歳になります」

和千代は、姿勢を正して声を弾ませた。

「そうか、十五か。そうだったな。元服の願いだったな」

宗憲は、狼狽えていた。

「はい……」

「和千代、その方、母を覚えているか……」

宗憲は、和千代を見詰めた。

「はい。母が亡くなった時、未だ五歳でしたので、僅かにですが……」

「覚えているか……」

「はい」

「母は優しかったか……」

「はい。そして、厳しい御方でした」

「厳しかった……」

「はい。そなたは汐崎藩藩主堀田宗憲さまが御落胤。決して他人に誹《そし》られるような真似は致すなと……」

「そうか、母がそう申したか……」

「はい」

和千代は頷いた。

「殿……」

梶原は、それとなく宗憲を促した。

「うむ。して和千代、余はその方が生まれた祝いに、堀田家に伝わる名刀来国俊の小太刀を与えたが、それは持っておるか……」

宗憲は訊いた。

「はい。拝領の来国俊を……」

和千代は、背後に控えている黒木を促した。

「はっ……」

黒木は、金襴《きんらん》の刀袋に入った刀を捧げて僅かに進み出た。

「拝領の来国俊の小太刀にございます」

黒木は告げた。

「うむ。左……」

宗憲は、控えていた京之介を呼んだ。

「はっ……」

京之介は、敷居際から進み出て金襴の刀袋に入っている刀を受け取った。そして、金襴の刀袋から細身の刀を取り出し、宗憲に差し出した。

細身の刀は、柄や鞘も革で蛭巻《ひるま》きにして黒漆をかけ、金具のすべては山金《やまがね》無地《むじ》の太刀拵えだった。

「うむ……」

宗憲は、細身の刀を受け取って抜き、その刃を眺めた。

細身の刀は煌めくように輝いた。

宗憲は、思わず見惚《みと》れた。

「殿……」

梶原は、宗憲に声を掛けた。

「う、うむ。この刀、確かに余が下げ渡した来国俊に間違いなさそうだが、念の為、当家御刀番の左京之介に目利きをさせる」

宗憲は、細身の刀を鞘に納めて京之介に差し出した。

京之介は、細身の刀を受け取った。

「では、御無礼仕《つかまつ》る……」

京之介は、和千代に会釈をして細身の刀を鞘から抜いた。そして、目釘抜きで目釘を抜いて柄を取った。

宗憲、梶原、村山は、息を詰めて京之介の作業を見守った。そして、黒木と応快は厳しい眼を向けていた。

静けさと緊張が張り詰めた。

京之介は、落ち着いた手捌《てさば》きで鎺《はばき》を外した。

茎《なかご》には『来国俊』の銘が刻まれていた。

京之介は、茎尻を下に据えて刀身を立てて眺めた。

刀身は長さ一尺八寸、身幅八分、反りは三分、鋒《きつさき》長は四分弱、鎬《しのぎ》造り、庵棟《いおりむね》、細身腰反り……。

京之介は、『御腰物元帳』に書き記されていた来国俊の造りを思い出しながら刀身を検《あらた》めた。

和千代が宗憲から拝領したとして持参した刀は、『御腰物元帳』に書き記されていた来国俊の小太刀と同じだった。

来国俊の小太刀に間違いない……。

京之介は見定め、来国俊の小太刀を眺めた。

細身の小太刀は、気品に溢れた爽やかな輝きを放っていた。

来国俊、見事な小太刀だ……。

京之介は見惚れた。

「如何だ……」

宗憲は、声を上擦らせた。

「はっ……」

京之介は、来国俊の小太刀に鎺を嵌め、茎を柄に戻して目釘を打ち、静かに鞘に納めた。

「如何なのだ。左……」

宗憲は、上擦る声に苛立ちを滲ませた。

「はっ。当家『御腰物元帳』に記されている来国俊の小太刀に相違ございませぬ」

京之介は、宗憲を見据えて告げた。

「本物か……」

宗憲は、微かに吐息を洩らした。

梶原と村山は、思わず顔を見合わせた。

「はい……」

京之介は頷いた。

来国俊の小太刀が宗憲が与えた本物となれば、持参した和千代は御落胤に間違いないこととなる。

「これで和千代さま、宗憲さまの御落胤と篤《とく》とお分かりの筈。どうか元服の烏帽子《えぼし》名《な》をお与え下さいますよう、伏してお願い申し上げます」

応快は、宗憲に頼んだ。

和千代と黒木は、応快に続いて平伏した。

〝烏帽子名〟とは、元服の時に幼名を改めて付ける元服名であり、烏帽子親が己の名の一字を与えた名が多かった。

「う、うむ……」

宗憲は、迷いを浮かべて頷いた。

「応快どの、和千代さまが殿の御子として元服されるのは、これから吉日を選んで行なわれるべきです。違いますかな」

梶原は、厳しい面持ちで告げた。

「しかし……」

応快は眉をひそめた。

「応快さま……」

和千代は、背後に控えている応快を僅かに振り返った。

「はい……」

「今日は宗憲さまがお逢い下され、我が子とお認め戴けただけで充分にございます」

和千代は、穏やかな口調で嬉しげに告げた。

「は、はい……」

応快は、不服げに頷いた。

京之介は、和千代が賢くて利発な少年だと気付いた。

「良くぞ申した和千代。そなたの元服、めでたき善き日を選び、必ず執《と》り行なうぞ」

宗憲は決めた。

「ありがとうございます」

和千代は平伏した。

応快と黒木は、不満げに続いた。

「殿、それでは……」

梶原は、宗憲を促した。

「うむ……」

宗憲は、小姓を従えて上段の間を去った。

和千代、応快、黒木は平伏して立ち去る宗憲を見送った。

「和千代さま……」

梶原は、平伏している和千代に声を掛けた。

「はい……」

和千代は、平伏を解いた。

「御対面の儀は上々首尾《しゅび》、おめでとうございます」

梶原と村山は、和千代に祝いを述べて頭を下げた。

和千代は、宗憲の御落胤と認められ、対面は終わった。


増上寺の鐘が申《さる》の刻七つ（午後四時）を告げた。

和千代の乗った駕籠は、応快と黒木たちに護られて汐崎藩江戸上屋敷を後にした。

京之介は、和千代一行を表門前で見送った。

和千代が宗憲の御落胤だと認められた事は、内通者によって既に望月たち水戸藩の者に知れている筈だ。

水戸徳川家の血筋を引く堀田家嫡子千代丸にとり、御落胤の和千代は邪魔者であり、災いの元でしかない。

行く末に禍根《かこん》を残さぬ為には、災いの元を一刻も早く取り除くのが上策だ。

水戸徳川家は、和千代に対してどう出るのか……。

京之介は、西陽を受けて大名小路を去って行く和千代一行を眺めた。

御高祖《おこそ》頭巾を被った女が、大名小路の路地から現われて和千代一行に続いた。

京之介は眉をひそめた。

御高祖頭巾を被った女に続いて若い女が現われ、汐崎藩江戸上屋敷の門前にいる京之介を振り返った。

楓……。

京之介は、若い女が楓だと気付いた。

楓は、御高祖頭巾を被った女を追った。

御高祖頭巾を被った女は、楓が素性を探っているおゆいなのかもしれない。

京之介は、楓を追った。

和千代一行は、外濠沿いの道を鎌倉河岸に向かった。そして、神田八ッ小路から神田川を渡って御成街道を下谷広小路に向かう。

和千代の乗った駕籠は、応快たち雲水と黒木たち寺侍に護られて外濠沿いを進んだ。


楓は、御高祖頭巾を被ったおゆいを追って汐崎藩江戸上屋敷に来た。

おゆいは、上野東照宮別当寺から出た駕籠を中心にした一行を追い、汐崎藩江戸上屋敷にやって来た。そして、駕籠を中心とした一行が汐崎藩江戸上屋敷に入るのを見届けた。

楓は、おゆいを見守った。

おゆいは、汐崎藩江戸上屋敷を窺い、一刻（二時間）後に出て来た駕籠の一行を再び追った。

楓は、駕籠の一行を見送る京之介に振り返り、己の存在を報せた。

京之介は追ってくる筈だ……。

楓は、駕籠の一行を追うおゆいを尾行た。

京之介が、後ろからやって来て楓に並んだ。

「おゆいです」

楓は、先を行く御高祖頭巾の女を示した。

「素性は……」

「駿河国は汐崎の地侍の娘……」

「地侍の娘……」

京之介は、〝地侍の娘〟と云う言葉に聞き覚えがあった。だが、いつ何処で聞いたのか迄は思い出さなかった。

「ええ。おゆいが泊まっている不忍池の畔の初川って料理屋の主夫婦も汐崎の出だとか……」

「汐崎か……」

「ええ……」

「他には……」

「今は未だ……」

楓は、おゆいの後ろ姿を見詰めながら首を横に振った。

「引き続き頼めるか」

「構いませんが、何がどうなっているのか教えて戴けますか」

楓は、京之介に微笑みを投げ掛けた。

「勿論だ……」

京之介は、和千代一行を追うおゆいを尾行ながら御落胤の一件を楓に話し始めた。

陽は西の空に沈み始め、外濠は曲輪《くるわ》内の大名屋敷の影に覆われた。

和千代一行は、外濠沿いから神田八ッ小路に抜け、暮六つ（午後六時）に閉める仕度を始めた筋違御門を渡った。

おゆいは追った。

京之介は、楓に御落胤の一件を話しながらおゆいに続いた。

楓は、おゆいを見詰めたまま京之介の話を聞いた。


日は暮れた。

和千代一行は、下谷広小路に入って三橋を渡り、黒門に進んだ。そして、黒門を潜って寛永寺境内を上野東照宮に向かった。

寛永寺境内に人気はなく、吉祥閣、五重塔、文殊楼などが青黒い薄暮の空に黒い影となって聳《そび》えていた。

和千代一行は、上野東照宮に向かって進んだ。

おゆいは、物陰伝いに慎重に追った。

京之介と楓は続いた。

和千代一行の周囲の薄暗さが揺れ、刀が煌めいた。

おゆいは、素早く物陰に潜んだ。

京之介と楓は、茂み伝いに和千代一行に近付いた。

覆面をした侍たちが、刀を煌めかせて和千代の乗る駕籠に殺到した。

和千代を狙っている。

応快と黒木は、和千代の乗っている駕籠脇に素早く寄った。

雲水たちは錫杖に仕込まれた刀を抜き、寺侍たちと共に殺到する覆面の侍たちを迎え撃った。

刀の煌めきが激しく交錯した。

雲水と寺侍たちは、息を合わせて覆面の侍たちと斬り合った。

京之介と楓は見守った。

雲水と寺侍たちは、声もあげずに組織だった闘いを繰り広げた。

「忍び……」

楓は眉をひそめた。

「やはり忍びか……」

京之介は、不忍池の畔で毒を呷って死んだ雲水を思い出した。

覆面の侍たちは、雲水と寺侍たちに押された。

「何処の忍びだ」

「分からぬ……」

楓は、腹立たしげに告げた。

「分からぬか……」

「ああ……」

楓は悔しげに頷いた。

覆面の侍たちは逃げた。

「行き先を突き止めろ」

黒木は、寺侍たちに命じた。

二人の寺侍は、逃げた覆面の侍たちを追った。

「楓、俺は奴らを追う。おゆいを頼む」

京之介は、物陰に潜んでいるおゆいを示した。

「承知……」

楓は頷いた。

京之介は、二人の寺侍を追った。

二人の寺侍は暗がり伝いを走り、覆面の侍たちを追っていた。

和千代を狙った覆面の侍たちは、おそらく水戸藩の望月蔵人の配下なのだ。

京之介は睨んだ。


不忍池は月明かりに蒼白く輝いていた。

覆面の侍たちは、不忍池の畔を進んだ。

二人の寺侍は追った。

不忍池から本郷の通りに抜け、壱岐殿坂《いきどのさか》を通って水戸藩江戸上屋敷に行くのか……。

京之介は読んだ。

二人の寺侍は、不忍池の畔を北に曲がった。それは、覆面の侍たちが北に曲がったからだ。

京之介は戸惑った。

水戸藩江戸上屋敷に行くなら西に進まなければならない。だが、北に曲がったのだ。

覆面の侍たちは何処に行く……。

京之介は、二人の寺侍を追った。

二人の寺侍は、覆面の侍たちを追って茅町《かやちょう》二丁目の道を西に進んだ。

道の南側には大名屋敷があり、北側には小さな寺が並んでいた。そして、その先に大きな大名屋敷が並んでいた。

二人の寺侍は、覆面の侍たちを追った。

京之介は、慎重に進んだ。
北側に並ぶ寺の土塀の上に人影が現われた。
京之介は、咄嗟に暗がりに潜んだ。
土塀の上に現われた人影は、水戸藩家来の望月蔵人だった。
望月は、土塀から飛び降りながら寺侍の一人を抜き打ちに斬り倒した。
残る寺侍は、慌てて望月に斬り掛かった。
望月は、鋭く踏み込んで寺侍の刀を躱し、横薙ぎの一刀を放った。
寺侍は、刀を弾き飛ばされて狼狽えた。
覆面の侍たちが戻り、寺侍に襲い掛かった。
「殺すな。手捕りにしろ」
望月は、覆面の侍たちに命じた。
覆面の侍は、寺侍を縛り、毒を飲んだり舌を嚙まないように細い竹を咥《くわ》えさせた。
「和千代が別当寺の何処にいるか、詳しく話して貰おう」
望月は、捕えた寺侍を引き立てて突き当たりの大名屋敷の裏門に入った。
覆面の侍たちは、寺侍の死体を望月の入った大名屋敷に運び込んだ。

京之介は見届け、大名屋敷の表に廻った。

望月蔵人と覆面の侍たちが入った大名屋敷は、水戸藩江戸中屋敷だった。

和千代襲撃失敗は、望月の企みだった。

京之介は苦笑した。

おそらく望月は、寺侍の死体を中屋敷の庭の片隅深くに埋め、捕えた寺侍を責めて和千代のいる上野東照宮別当寺の様子を詳しく聞き出すつもりなのだ。

水戸徳川家は、和千代が宗憲の御落胤と認められたのを知り、逸早くその命を狙って動き始めた。

宗憲は、それを知ってどうするか……。

京之介は、御落胤の和千代の行く末に不吉なものを感じた。

二

宗憲は、御落胤の和千代をどう思っているのか……。

京之介は、宗憲に水戸藩の家来たちが和千代を襲撃した事実を告げた。

「水戸家が和千代を……」

宗憲は眉をひそめた。

「はい……」

京之介は、宗憲の出方を窺った。

「そうか。水戸家が和千代をな……」

宗憲は、微かな怯えを滲ませた。

「殿、水戸家に内通している者がおります」

京之介は、厳しい面持ちで声を潜めた。

「内通している者……」

宗憲は眉をひそめた。

「はい」

「左、水戸家は余の舅《しゅうと》の家であり後ろ盾。内通とは穏やかではないな」

宗憲は、薄笑いを浮かべた。

「ならば殿……」

「此度《こたび》の騒ぎ、留守居役の村山が水戸家に報せているのだろう」

「村山さまが……」

京之介は、汐崎藩が水戸藩の意向のままになっているのに気付いた。

「しかし、和千代さまは殿の御落胤……」

「左……」

宗憲は遮った。

「はっ……」

京之介は、怪訝に宗憲を見詰めた。

「和千代は余の落胤に違いないが、あの者が本当に和千代かどうかは未だ分からぬ」

「殿……」

京之介は戸惑った。

「左、如何に余がおまゆに下げ渡した来国俊の小太刀を持っていても、あの者が間違いなく和千代だという証はないのだ」

宗憲は、喉を引き攣らせた。

「しかし……」

「ならば左、来国俊の小太刀以外にあの者が和千代だという証はあるのか……」

「それは……」

京之介は困惑した。

「あの者を担ぐ別当代の応快が、何らかの手立てで来国俊の小太刀を手に入れ、何処の馬の骨とも知れぬ小坊主を和千代に仕立て上げようとしているとも考えられる。違うか……」

宗憲は、猜疑《さいぎ》心に満ちた眼で嘲笑を浮かべた。

「殿……」

京之介は言葉を失った。

「左、来国俊の小太刀を取り戻して来るのだ」

宗憲は命じた。

「来国俊の小太刀を取り戻す……」

京之介は、宗憲を見据えた。

「左様。来国俊の小太刀さえなければ、応快たちは御落胤騒ぎを収めるしかなく、余が面倒に巻き込まれる事もないのだ」

宗憲は、苛立たしさを露《あら》わにした。そこには、己の保身しか考えていない醜さがあった。

「それ故、来国俊の小太刀を取り戻すのですか……」

「そうだ。仮に此度の騒ぎを始末したところで来国俊の小太刀を取り戻さぬ限り、後に落胤の血筋だと申す者が現われぬとは限らぬ。禍根を残さぬ為にも来国俊の小太刀、一刻も早く取り戻して参れ」

宗憲は、京之介を睨み付けて厳しく命じた。

京之介は、宗憲を見詰めた。

「何だ、その眼は。左、これは主命ぞ」

宗憲は、嗄れた声に怒りを滲ませた。

京之介は、黙ったまま平伏した。

「よいな。和千代の事は水戸藩に任せ、急ぎ来国俊の小太刀を取り戻して来るのだ」

宗憲は怒鳴り、足音を乱暴に鳴らして座敷から出て行った。

京之介は、平伏したままだった。

己の藩の行く末を他藩に預け、我が身の安穏だけを願う主の宗憲……。

京之介は、平伏し続けた。

怒りが静かに湧き上がってくるのを感じながら……。


不忍池は夕陽に染まっていた。

料理屋『初川』は、不忍池の畔にあった。

京之介は、微風に暖簾を揺らしている料理屋『初川』を眺めた。

おゆいは、この料理屋の離れ家にいる。

京之介は、おゆいが和千代の正しい素性を知っていると睨んだ。

僅かな時が過ぎた。

「おゆいさん、離れ家にいますよ」

楓が背後に現われた。

京之介は、背後に現われた楓を振り返った。

「その後、何か分かったか……」

「それが、なかなか難しくて……」

楓は苦笑した。

「ほう。楓でも難しいか……」

「ええ。昨夜あれから離れ家の天井裏に忍んだのですが、隙がない上に気付かれそうになりましてね。早々に引き上げましたよ」

楓は、悔しさを僅かに滲ませた。

「女の身でかなりの剣の遣い手とみえるな」

京之介は眄んだ。

「きっと……」

楓は頷いた。

「それで、初川の主夫婦との拘《かか》わりを探ってみましたよ」

「主夫婦、汐崎の出だったな……」

「ええ。元は地侍だったそうでしてね。おゆいさんに対しては、まるで家来のような振る舞いですよ」

「家来のような振る舞い……」

京之介は眉をひそめた。

「ええ……」

楓は、頷きながら京之介を木陰に誘《いざな》った。

「どうした……」

京之介は戸惑った。

「昨夜の奴らかも……」

楓は、不忍池の畔を下谷広小路に向かう侍たちを示した。

京之介は、木陰から楓の視線を追った。

侍たちは、水戸藩の望月蔵人と二人の配下の侍だった。

「水戸藩の望月蔵人だ」

京之介は、下谷広小路に向かって行く望月と配下の侍たちを見送った。

「望月蔵人……」

「うむ……」

京之介は、昨夜の顚末《てんまつ》を教えた。

「じゃあ……」

楓は、緊張を過ぎらせた。

「おそらく捕らえた寺侍を責め、別当寺の間取りや和千代のいる処などを聞き出した。となると……」

京之介は読んだ。

「今夜にでも押し込みますか……」

楓は眉をひそめた。

「うむ。行ってみる」

「お供しますよ」

京之介と楓は、夕暮れの不忍池の畔を上野東照宮に急いだ。


東叡山寛永寺の境内は参拝客も帰り、夕暮れ時の静けさに包まれていた。

京之介は、楓と共に鐘楼堂に潜んで上野東照宮の別当寺を窺った。

別当寺の周囲には、望月たちの姿は見受けられなかった。だが、何処かで襲撃する時を待っているのに違いないのだ。

京之介と楓は睨んだ。

虫の音が湧き、地を這うように響き始めた。

時は流れ、夜は更けていく。

不意に虫の音が止んだ。

「動く……」

楓は呟《つぶや》いた。

「うむ」

京之介は、別当寺の周囲に湧いた殺気に気付いた。

次の瞬間、闇から覆面を被った侍たちが現われ、別当寺に殺到した。

覆面の侍たちは、別当寺を囲む闇から次々に現われた。

「どうします」

楓は眉をひそめた。

「応快たちは忍びの者、よもや後《おく》れは取らぬだろうが、望月の狙いは和千代の命。どうなるか見届ける」

京之介は、厳しい眼差しで別当寺を見詰めた。

「ならば、これを……」

楓は、懐から黒い気儘《きまま》頭巾を出して京之介に渡した。

「うむ……」

京之介は、目元だけを出す気儘頭巾を被り、別当寺に走った。

楓は、鐘楼堂の裏手に廻った。


京之介は、別当寺に走った。

別当寺の本堂からは、闘う男たちの足音と刃の噛み合う音がしていた。

京之介は、別当寺の本堂を窺った。

望月配下の覆面の侍が、忍びの者の坊主や寺侍たちと激しく闘っていた。

京之介は、斬り合う者たちの中に望月を捜した。だが、望月はいなかった。そして、応快と黒木の姿もなかった。

応快と黒木は和千代の許におり、望月はそこに向かっているのだ。

和千代は何処にいるのか……。

京之介は、本堂での斬り合いを横目に庫裏《くり》に向かった。

庫裏でも斬り合いは行なわれていた。

京之介は廊下にあがり、闘いの気配のする奥の座敷に急いだ。

覆面の侍が、廊下を進む京之介に斬り付けて来た。

京之介は、霞左文字を抜き打ちに一閃して覆面の侍を斬り棄て、廊下を進んだ。


奥座敷では、覆面の侍たちが忍びの者の坊主や寺侍たちを斬り立てていた。

狭い座敷での斬り合いでは、忍びの者が得意とする組織だった攻めや護り、投げの武器を使うのは難しい。

覆面の侍たちは押した。

忍びの者の坊主や寺侍は、必死に踏み止まって闘った。

奥座敷には、和千代と応快や黒木、そして望月たちはいなかった。


京之介は、尚も奥に進んだ。

覆面の侍たちが行く手を塞ぎ、京之介に斬り掛かって来た。

京之介は、霞左文字を煌めかせた。

覆面の侍が二人、悲鳴をあげる暇もなく倒れた。
奥の部屋では、望月と配下の覆面の侍が応快や黒木と斬り結んでいた。
和千代は、応快と黒木の背後に佇み、望月と覆面の侍たちを睨み付けていた。
覆面の侍たちは、応快と黒木に間断なく斬り付けた。
応快と黒木は、一瞬の休息もなく斬り結んだ。
望月は、その隙を突いて和千代に鋭く斬り付けた。
和千代は、眼を瞠《みは》って恐怖に耐えた。
刹那、京之介が飛び込み、望月の刀を弾き飛ばした。
弾き飛ばされた望月の刀は、天井に突き刺さって胴震いした。
和千代は、呆然と京之介を見詰めた。
京之介は、望月に迫った。
望月は身を翻し、雨戸を蹴り破って庭に逃げた。
覆面の侍たちが続いた。
京之介は追った。

暗い庭に笛の音が甲高く響いた。

望月と配下の覆面の侍たちは、打ち寄せた波が引くように一斉に後退し、闇に散って消えた。

京之介は、別当寺を出て鐘楼堂に戻った。

「和千代さま、無事だったようですね」

楓が、暗がりから現われた。

「うむ。どうにかな……」

京之介は、気儘頭巾を取った。

虫の音が湧いた。

別当寺の内外に満ちていた殺気は、どうやら消え去ったようだ。

「よし、引き上げよう」

京之介は、楓と共に鐘楼堂を後にした。

和千代は、怯んだ様子も見せずに望月を睨み付けていた。そして、眼前に迫る望月の刀に悲鳴をあげる事もなかった。

胆力《たんりょく》がある……。

京之介は、秘かに感心していた。

上野東照宮別当寺は、虫の音に包まれて夜の闇に沈んでいた。


不忍池に映える月影は揺れた。

京之介は、不忍池の畔を進んだ。

「何処に……」

楓は戸惑った。

「付き合ってくれ」

京之介は、不忍池の畔を進んで料理屋『初川』に向かった。

「初川ですか……」

「うむ」

京之介は頷き、楓を伴って料理屋『初川』の暖簾を潜った。

料理屋『初川』には、三味線の爪弾きが洩れていた。

京之介と楓は、座敷に落ち着いて酒と料理を頼んだ。

仲居たちが酒と料理を運んで来た。

京之介と楓は酒を飲んだ。

「お客さま、当初川の女将にございます……」

年増の女将が、京之介と楓の座敷に挨拶に来た。

「うむ……」

「今宵はようこそいらっしゃいました。女将のきちにございます」

「うむ。私は左京之介。こっちは……」

京之介は、己の本名を告げて楓を引き合わせた。

「楓と申します」

楓は、京之介が本名を名乗ったのに倣《なら》った。

下手な偽名を使えば、後で無用な疑いを持たれる恐れがある。

楓は、京之介の腹の内を読んだ。

「左京之介さまに楓さまにございますか……」

女将のおきちは、京之介と楓に酌をした。

「処で女将、離れ家のおゆいどのに取次いでは貰えぬかな」

京之介は、微笑みを浮かべた。

女将のおきちは狼狽えた。

「どうだ。取次いで貰えぬか……」

「左さま……」

女将のおきちは、京之介に戸惑いと警戒の眼を向けた。

「女将、私は汐崎藩御納戸方御刀番だ」

「汐崎藩の御刀番……」

女将のおきちは、緊張を滲ませた。

「うむ。和千代さまについてお伺いしたい事があってな」

「左さま、うちにはおゆいさまと申される御方など、おいでになりません……」

女将のおきちは、緊張に嗄れた声を引き攣らせた。

「女将、先程、上野東照宮別当寺にいる和千代さま、刺客共に襲われた」

「えっ……」

女将のおきちは驚いた。

「それ故、少々相談したい事があってな」

「左さま、襲われたのは本当なんですか」

女将のおきちは、京之介を不安げに見詰めた。

「嘘偽りは申さぬ」

京之介は頷いた。

「分かりました。左さま、少々お待ち下さい」

女将のおきちは、混乱した面持ちで座敷から出て行った。

「さあ、どうしますか……」

楓は、微笑みながら猪口《ちょこ》の酒を飲んだ。

「和千代さまとの縁が深ければ、来るだろう」

京之介は睨み、手酌で酒を飲んだ。

僅かな時が過ぎた。

襖の向こうの廊下に人の気配がした。

楓は、京之介に微笑み掛けて脇に寄った。

「左さま……」

女将のおきちが、廊下から呼び掛けた。

「うむ。入られよ」

京之介は返事をした。

「失礼致します」

女将のおきちが襖を開けた。

おゆいが、落ち着いた足取りで入って来て京之介の前に座った。

「ゆいにございます」

おゆいは、京之介と楓に挨拶をした。

その落ち着いた物腰と目配りには、毛筋程の油断もなかった。

楓の睨み通り、かなりの剣の使い手……。

京之介は知った。

「左京之介です」

「楓と申します」

京之介と楓は、挨拶を返した。

「して今宵、和千代さまが襲われたとか……」

おゆいは、京之介を見据えた。

「左様《さよう》。和千代さまを狙い、水戸藩の者共が別当寺に押し込みました」

「水戸藩が……」

おゆいは眉をひそめた。

「水戸藩は汐崎藩藩主堀田宗憲さまの御正室お香の方さまの御実家……」

京之介は、水戸藩が出て来た理由を教えた。

「ならば、和千代さまは水戸家の血を引く嫡男千代丸さまにとって目障りなだけの邪魔者。後顧《こうこ》の憂《うれ》い、災いは取り除く……」

おゆいは、的確な読みをみせた。

「そういう事です」

京之介は頷いた。

「して、和千代さまは……」

おゆいは、不安げに京之介を見詰めた。

「御無事です」

京之介は告げた。

「そうですか……」

おゆいは、安堵の吐息を小さく洩らした。

「おゆいどの、和千代さまとはどのような拘わりにございますか……」

京之介は尋ねた。

「私と和千代さまの拘わりですか……」

「左様。和千代さまを汐崎から追って来たとお見受け致したが……」

「私は和千代さまの叔母にございます」

おゆいは、己の素性を告げた。

「叔母と申されると、お亡くなりになられたおまゆさまの妹……」

「はい。姉のまゆが亡くなった後、和千代さまを育てて参りました」

京之介は、おゆいが和千代の育ての親だと知った。

「そして、久能山東照宮の別当寺の別当善応さまにお預けになられたのですね」

「それが、亡き姉の願いでしたので……」

「おまゆさまの願い……」

「姉は宗憲さま御落胤である和千代さまの行く末を案じ、俗世を棄てて仏の道に生きるのを望んでいたのです」

「仏の道……」

おまゆは、和千代が仏門に生きるのを願っていたのだ。

京之介は知った。

三

おまゆは、和千代が僧になるのを願っていた。

それは、宗憲御落胤としての和千代が、汐崎藩に争いを招くのを恐れての事かもしれない。

争いや災いを避ける為に仏門に入れる……。

おまゆは、我が子の和千代の幸せを願っていた。

京之介は、和千代が汐崎藩藩主堀田宗憲の御落胤に間違いないのを知った。

「ですが、久能山東照宮別当寺には、別当代の応快がいたのです」

「応快……」

「はい。応快は別当の善応さまの眼を盗んでは、和千代さまに御落胤として宗憲さまと父子の対面をするべきだと吹き込んだのです」

おゆいは眉をひそめた。

「応快、御落胤の和千代さまを踏み台にしてのし上がろうとしていますか……」

京之介は、応快の腹の内を読んだ。

「きっと……」

おゆいは頷いた。

「それで和千代さまは、応快の勧めに乗りましたか……」

「和千代さまは未だ十五歳。耳ざわりの良い事を吹き込まれれば、夢を見る歳にございます」

おゆいは、淋しげな笑みを浮かべた。

和千代は、応快の勧めに乗り、元服を機会に宗憲と父子の対面を果たそうとしたのだ。

「別当の善応さまは……」

「善応さまは、父宗憲さまとの対面を願う和千代さまを哀れみ、元服の為だけという約束をさせ、出府をお許しになられたのです。ですが、応快は……」

「和千代さまに元服の儀以上の事を企てていますか……」

「はい。黒木兵部なる得体の知れぬ浪人を寺侍の頭に据えて……」

「黒木兵部ですか……」

京之介は、脇に控えている楓を一瞥《いちべつ》した。

楓は、眉をひそめて頷いた。

寺侍頭の黒木兵部こそが、忍びの者の頭なのだ。そして、別当代の応快も忍びの者に縁のある者なのだ。

「はい。そして、堀田家乗っ取りを画策しているのかもしれません」

おゆいは睨んだ。

「堀田家乗っ取り……」

京之介は眉をひそめた。

応快と黒木は、和千代を堀田家の跡目に据えて汐崎藩を乗っ取ろうとしている。

「そして、和千代さまは争いに巻き込まれました。いえ、巻き込まれたというより、争いと災いの元になったのです。亡き姉が最も恐れた事になったのです」

おゆいは、無念さを滲ませた。

「水戸藩の者共の襲撃、今夜は躱せましたが、明日は分かりませぬ」

「ならば争いは……」

「未だ未だ続くでしょう」

京之介は、争いはこれからが正念場だと読んでいた。

「左様ですか……」

おゆいは、悔しさの中に何らかの覚悟を窺わせた。

「おゆいどの、和千代さまを追って江戸に参られたのは何故ですか……」

京之介は、おゆいの覚悟に気付き、気になった。

「それは……」

おゆいは、躊躇いを滲ませた。

「おゆいどの……」

京之介は眉をひそめた。

「もし、和千代さまがこれ以上の争いや災いをもたらすならば、私が刺し違えます」

おゆいは、京之介を見据えて厳しい面持ちで告げた。

「刺し違える……」

京之介は眉をひそめた。

楓は、驚いたようにおゆいを見詰めた。

「はい。それが、姉が死の間際に私に頼んだ唯一の事。私は亡き姉の願いを果たさねばなりませぬ」

おゆいは、凛《りん》として云い放った。

京之介は読んだ。

「その為に剣を学ばれましたか……」

「はい。そして江戸に参り、その昔、我が家に奉公していたおきちの厄介に……」

おゆいは、料理屋『初川』との拘わりを告げた。

「そうでしたか……」

京之介は、亡き姉の願いを託されたおゆいの辛く厳しい立場を知った。

「して左さま、殿の宗憲さまは和千代さまをどのようにお思いなのでしょうか……」

おゆいは、宗憲の本心を知りたがった。

「殿は、和千代さまと申される御落胤がいるのはお認めです。ですが、和千代さまがその和千代さまとは未だお認めになられてはいないのです」

「という事は、和千代さまが偽者だと……」

「左様。如何に証の来国俊の小太刀が本物であろうが……」

「なんと……」

おゆいは、困惑と怒りを交錯させた。

「そして、私に来国俊の小太刀を取り戻すようにお命じになられました」

京之介は、宗憲の姑息《こそく》さを冷静に告げた。

「やはり邪魔者なのですね、和千代さまは……」

おゆいは、初めて哀しさを見せた。

「邪魔者として葬られるか、悪党の道具にされるか……」

楓は、腹立たしげに呟いた。

「うむ……」

何《いず》れにしろ、此のままでは和千代は楓の云うようになる。

「おゆいどの、此のままでは和千代さま、余りにもお気の毒……」

「それも和千代さまの運命なのでしょう」

おゆいは、哀しげに項垂《うなだ》れた。

「かもしれぬが、それで良いのかな」

「左さま……」

おゆいは戸惑った。

「和千代さまを応快の手から取り戻し、殿や水戸藩の知らぬ処に匿《かくま》うのだ」

京之介は、己の企てを告げた。

「それは面白い」

楓は笑った。

「ですが、左さま、楓どの……」

おゆいは、微かに狼狽えた。

「まあ、任せて戴こう」

京之介は、不敵な笑みを浮かべて云い放った。

汐崎藩江戸上屋敷は寝静まっていた。

京之介は、侍長屋の家に戻った。

佐助は待っていた。

京之介は、目付の大貫竜之進に拘わる事だと気付いた。

「大貫、どうした」

「はい。道斎先生のお話では、大貫さまに運がなかったと……」

「死んだのか……」

京之介は眉をひそめた。

「未だですが、いつそうなってもおかしくないと……」

「そうか……」

「それで大貫さまは、時々気を取り戻しては、京之介さまに逢いたいと仰っているそうです」

「私に……」

「はい」

「よし……」

京之介は、大貫竜之進の許に走った。


大貫竜之進の顔には、既に死相が浮かんでいた。

「大貫……」

京之介は、大貫の枕元に座って声を掛けた。

大貫は、微かに眼を開けた。

「私だ。左京之介だ。しっかりしろ……」

京之介は、大貫を励ました。

大貫は、京之介を見て微かに頷いた。

「ふ、風魔《ふうま》……」

大貫は、喉を引き攣らせて嗄れた声を震わせた。

「風魔……」

京之介は眉をひそめた。

大貫は頷いた。

「おぬしを斬ったのは風魔なのか……」

京之介は念を押した。

大貫は頷き、喉を鳴らして静かに眼を瞑《つむ》った。

「大貫……」

京之介は、思わず声をあげた。

藩医の宗方道斎は、大貫の手の脈を取って首を横に振った。

「大貫竜之進、よう頑張ったが、これ迄だ」

道斎は手を合わせた。

京之介は続いた。

〝風魔〟とは、箱根の山に根付いている風魔と称される忍びの一族の事だ。

大貫竜之進は、和千代を探りに東海道を下り、雲水を装った風魔一族の忍びの者共に斬られたのだ。

京之介は、応快や黒木兵部たち忍びの者が風魔一族だと知った。

和千代を上野東照宮別当寺から連れ出し、応快や黒木、そして水戸藩の望月蔵人の知らぬ処に匿う。

京之介は、その手立てを思案した。

気掛かりなのは、和千代が大人しく連れ出されるかどうかだ……。

和千代は、宗憲による元服の儀が執り行なわれない限り、大人しく別当寺を出るとは思えない。

手立てを選ばずに連れ出すにしても、応快や黒木たち風魔一族の忍びの者たちの護りの壁を破る事は出来るのか……。

京之介の思案は続いた。


翌朝、京之介は江戸家老の梶原頼母に呼ばれた。

京之介は、梶原の用部屋に赴いた。

「大貫竜之進は気の毒な事をしたな」

梶原は、厳しい面持ちで京之介を迎えた。

「はい。して、御用とは……」

京之介は、梶原にいつもとは違うものを感じた。

「うむ。別当代の応快が和千代さま元服の日取りを訊いて参った」

「して、殿は何と……」

「構わず放って置けとの仰せだ」

梶原は、苦虫を噛み潰したような面持ちで吐き棄てた。

「相変わらずですな……」

京之介は、宗憲の往生際の悪さに苦笑した。

「左様。何事も舅《しゅうと》の水戸さまを恐れ、我が汐崎藩の意向などないも同然。嘆かわしい話だ」

梶原は、宗憲に対して腹立たしさをみせた。

京之介が、梶原に対していつもと違うと感じたのは、そうした腹立たしさを含んでいたからなのだ。

梶原は、主である宗憲に怒りを抱いている。

京之介は、微かな戸惑いを覚えた。

「そう思わぬか、左……」

梶原は、京之介を見据えて同意を求めた。

「さあて、何事も殿の御意向にございますので、家臣としては何とも……」

京之介は、微笑みながら首を捻った。

「左、遠慮は無用だ。その方の腹の内、聞かせて貰えぬか……」

梶原は、京之介を見据えた。

「拙者の腹の内などと、滅相《めっそう》もございませぬ」

京之介は苦笑した。

梶原の言葉は本心なのか、罠《わな》なのか……。

宗憲を批判し、京之介の本音を引き出そうとしているのかもしれない。

京之介は警戒した。

「左……」

「梶原さま、拙者は御納戸方御刀番に過ぎませぬ……」

京之介は、梶原を見据えて告げた。

「左……」

梶原は、微かな落胆を滲ませた。

「では……」

京之介は、梶原に一礼して用部屋を後にした。

梶原の言葉は本心なのかもしれない。もし、そうだとしたなら、家中の雰囲気も少しは変わってきているのかもしれない。

だが、今の家中に信じられる者はいない……。

京之介は、淋しさを覚えた。

汐崎藩江戸上屋敷の長い廊下は、静けさの中に沈んでいた。

寛永寺上野東照宮別当寺は、望月たちの襲撃以来護りを固めた。

別当寺に忍び込み、風魔忍びの者たちに気付かれずに和千代を連れ出すのは至難の業だ。

力尽くで押し込むにしても、京之介の戦力は楓と佐助しかいない。三人で応快と黒木たち風魔忍びを出し抜き、和千代を連れ出す事は出来るのか。何れ《いず》にしろ、それは和千代が別当寺を出る事に素直に頷いた場合だ。押し込んでから、嫌がる和千代を説得する暇などある筈がない。

京之介は、様々な場合を想定して手立てを思案した。そして、最も単純な手立てを取る事に決めた。

頼みは、霞左文字の一刀……。

霞左文字の刀身は、美しく輝いていた。

京之介は、霞左文字を入念に手入れをして鞘に納めた。

楓と佐助は、既に京之介の企てに沿って仕度を始めていた。

京之介は、霞左文字を手にして汐崎藩江戸上屋敷を出た。


東叡山寛永寺には、子の刻九つ（午前零時）の鐘の音が低く響き渡っていた。

鐘を撞《つ》き終わった坊主は、鐘楼堂を下りて待っていた寺男と共に庫裏に戻って行った。

京之介は、闇から現われて上野東照宮別当寺の門前に佇んだ。

別当寺は静けさに覆われ、夜の闇に沈んでいた。

京之介は、鎖帷子《くさりかたびら》を着込み、軽衫袴《かるさんばかま》、厚底の革足袋で身を固めていた。そして、眼だけを出した気儘頭巾を被って仕度を整えた。

虫の音はなかった。

別当寺の周囲には、見張りの風魔忍びが忍んでいるのだ。
京之介は睨んだ。
楓と佐助は、子の刻九つの鐘を聞いて動き始めている筈だ。
京之介は、別当寺の山門を潜った。
周囲の闇から殺気が湧いた。
京之介は、構わず別当寺の本堂に向かった。
八方手裏剣が、周囲の闇から京之介に飛来した。
京之介は、飛来した八方手裏剣を叩き落として本堂に走った。
闇が揺れた。
忍びの者たちが現われ、忍び刀を抜いて京之介に殺到した。
風魔忍び……。
京之介は、正面に立ちはだかった忍びの者に向かった。
忍びの者は、駆け寄る京之介に斬り付けようとした。
刹那、京之介は霞左文字を抜き打ちに放った。
霞左文字は閃光となった。

斬り付けようとした忍びの者は、首の血脈を刎《は》ね斬られて大きく仰《の》け反《ぞ》った。
忍びの者たちは地を蹴って飛び、京之介を頭上から襲った。
「南無阿弥陀仏……」
京之介は、霞左文字を縦横に振るった。
霞左文字は、次々と襲い掛かる忍びの者たちに煌めいた。
忍びの者たちは、足首の腱や忍び刀を握る腕を斬られて怯んだ。
大勢を相手に闘う時は、無駄な動きを減らして疲れないようにするのが肝要《かんよう》だ。
京之介は、忍びの者の首の血脈を刎ね斬り、足や腕の腱を断って戦闘能力を奪った。
忍びの者たちは怯み、後退りをした。
京之介は、本堂の階に向かった。
黒木兵部が、本堂から階の上に現われた。
京之介は立ち止まり、冷笑を浮かべて黒木兵部を見上げた。
「水戸藩の者か……」
黒木は、京之介を睨み付けた。

「だったらどうする……」

京之介は嘲笑した。

「おのれ。和千代さまの命、奪えるかな」

黒木は苦笑した。

「風魔忍びを皆殺しにすれば良いだけだ。造作はあるまい」

京之介は、黒木と忍びの者たちを挑発した。

「おのれ……」

黒木は、怒りを滲ませて左右の闇に目配せをした。

新たな忍びの者が、左右の闇から次々に現われて京之介に襲い掛かった。

別当寺にいる風魔忍びを集め、乱戦に持ち込んで手裏剣などの投擲《とうてき》武器を封じる。

京之介は、己を餌にして激しく斬り合った。

忍びの者の刀が、京之介の着物を斬り裂き鎖帷子に弾かれた。

京之介は、忍びの者の膝の裏の筋を斬り飛ばした。

忍びの者は、激しくよろめいて崩れ込んだ。

京之介は、草鞋を脱ぎ棄て革足袋となって斬り合った。

砂利が跳ね、草が千切れ、血が飛び、霞左文字は美しく煌めき続けた。

別当寺の奥にいた忍びの者たちは、本堂に駆け付けていなくなった。

和千代は、奥の座敷に応快と共にいた。

応快は、和千代を護りながら本堂の前での闘いの気配を窺った。

奥の闇に人の動く物音がした。

「誰だ……」

応快は、奥の闇を透かし見た。

奥の闇が微かに揺れた。

何者かが潜んだ。

応快は眉をひそめた。

「和千代さま。此処を動かずにいるのですぞ」

「わ、分かった」

和千代は、緊張した面持ちで頷いた。

応快は、刀を手にして奥の闇に向かった。

和千代は、喉を鳴らして応快を見守った。

刹那《せつな》、忍び装束の楓が、天井から和千代の背後に音もなく飛び下りた。そして、眠り薬を含ませた布で和千代の口と鼻を覆《おお》った。

和千代は、眼を瞠って意識を失った。

佐助が続いて現われ、意識を失った和千代を担ぎ上げて庭に走った。

応快が、戻って来る気配がした。

楓は、暗がりに潜んだ。

応快が戻って来た。

楓は、柳生《やぎゅう》流十字手裏剣を連射した。

応快は、咄嗟に物陰に隠れた。

楓は、竹筒を畳に叩き付けた。

竹筒が割れ、油が流れ出た。

楓は、流れ出た油に燭台を蹴倒して庭に跳んだ。

火が燃え上がった。

寛永寺で火事を出せば只では済まない。

応快は狼狽え、火を消しながら竹笛を吹き鳴らして配下の忍びを呼んだ。
炎は躍り、火は燃え広がった。

四

竹笛の音が鳴り響いた。
非常事態を告げる竹笛だ。
「退《ひ》け……」
黒木兵部は、配下の風魔忍びの者に短く告げて別当寺の奥に走った。
忍びの者たちは続いた。
京之介は、血に濡れた霞左文字の鋒《きつさき》を降ろして小さな吐息を洩《も》らした。
鋒から血が滴り落ちた。
楓が火を放った……。
黒木と配下の忍びの者たちは、楓の放った火を消すのに奥に急いだのだ。
京之介は睨んだ。

どうやら、和千代を連れ出したようだ……。

京之介は、血に濡れた霞左文字に拭いを掛けた。

佐助は、気を失った和千代を背負って不忍池の東の畔に抜け、下谷広小路に走った。

楓が、追い掛けて来て佐助に並んだ。

佐助は笑った。

楓は頷いた。

事は、京之介の企て通りに進んでいるのだ。

楓と佐助は、言葉を交わさず三橋を駆け抜け、下谷広小路の上野元黒門町に入った。そして、裏路地に隠してあった大八車《だいはちぐるま》に和千代を乗せ、筵《むしろ》を被せた。

楓は、形《なり》を忍びの者から人足《にんそく》姿に変えた。

佐助と楓は、和千代を乗せた大八車を引いて神田川に急いだ。

神田川の流れは月明かりに輝いていた。

楓は、昌平橋の下の船着場に駆け下りた。
佐助は、大八車から降ろした和千代を担いで楓に続いた。
船着場では、楓が猪牙舟《ちょきぶね》の舫《もや》い綱を解《ほど》いていた。
佐助は、和千代を猪牙舟に乗せて筵を被せ、船着場を油断なく窺った。
追って来た人影は見えなかった。
楓は、竹竿を使って猪牙舟を神田川の流れに乗せた。
猪牙舟は楓に操られ、佐助と和千代を乗せて大川《おおかわ》に向かった。

虫の音が響いていた。
上野東照宮別当寺に静けさが戻った。
どうやら、火事は消し止めたようだ……。
京之介は、鐘楼堂に潜んで見定めた。
和千代の身柄は押さえた。残るは御落胤の証である来国俊の小太刀だ。
和千代を奪われた今、来国俊の小太刀の警固は厳しくなる筈だ。
京之介は、妖刀蓮華村正《れんげむらまさ》を巡って裏柳生の忍びの者と激しく闘った事を思い出した。

数人の風魔忍びが、闇に紛れて駆け出して行った。

何処に行く……。

京之介は追った。


楓の操る猪牙舟は、佐助と和千代を乗せて神田川から大川に出た。そして、新大橋を潜って三ツ俣に入り、日本橋川を横切り、亀島《かめじま》川、八丁堀《はっちょうぼり》、三十間堀《さんじっけんぼり》、濱御殿《はまごてん》前を進んで金杉川に入って流れを遡った。

猪牙舟は金杉川から古川《ふるかわ》に入り、尚も進んだ。やがて、古川に架かる三之橋《さんのはし》の船着場が見えた。

楓は、猪牙舟の船縁を三之橋の船着場に寄せた。

そこは、武家屋敷と寺が連なる三田《みた》の町だった。

佐助は、和千代を担いで猪牙舟を下り、陸奥《むつ》国会津《あいづ》藩江戸下屋敷の横の道を三田《みた》寺丁《でらちょう》に向かった。

楓は、猪牙舟を舫って続いた。

三田寺丁に入った佐助と楓は、通りを南に進んだ。そして、中寺丁《なかでらちよう》に連なる古い寺に和千代を連れ込んだ。

古い寺の山門には、『聖林寺』と書かれた扁額《へんがく》が掲げられていた。

数人の風魔忍びは、小石川の常陸国水戸藩江戸上屋敷の様子を窺った。

和千代を連れ去ったのは水戸藩の者……。

応快と黒木は睨み、配下の風魔忍びに水戸藩江戸上屋敷を探るように命じたのだ。

京之介は、神田川に架かっている小石川御門の袂《たもと》に潜み、風魔忍びの者たちを見守った。

風魔忍びの者たちは、水戸藩江戸上屋敷の土塀に跳び、音もなく屋敷内に侵入していった。

水戸徳川家は御三家の一つであり、上屋敷の警固態勢は厳しく、不審な者の侵入を許しはしない。

果たして無事に戻って来られるか……。

京之介は、風魔忍びの者たちの身を心配する己を秘かに笑った。


三田中寺丁の聖林寺《しょうりんじ》の境内には、老住職の浄雲《じょううん》の読む経が朗々と響いていた。

京之介は、狭い境内を通って浄雲が経を読んでいる古い本堂に入った。

本堂の祭壇の前では、痩せて小柄な浄雲が朗々と経を読んでいた。

京之介は、本堂の扉の傍に座って浄雲の読経が終わるのを待った。

聖林寺住職の浄雲は、京之介と同じ刀工左文字の一族だった。

浄雲の読経は終わった。

「来ていたか……」

「はい。此度は御造作《ごぞうさ》をお掛け致します」

「なあに、儂《わし》は左文字に斬られて死んだ者を供養し、迷っている左文字一族の者に引導《いんどう》を渡すのが役目。遠慮は無用だ」

浄雲は、白髭を揺らして笑った。

「はい……」

京之介は頷いた。

「久々に蓮華村正、拝むか……」

京之介は、妖刀蓮華村正を浄雲に預けてあった。

「いえ。今は……」

京之介は断った。

「そうか。佐助たちは家作《かさく》にいる」

浄雲は、本堂の祭壇の奥を示した。

「はい。では……」

京之介は、浄雲に深々と一礼して本堂を後にした。


本堂の裏庭には、古い小さな家作があった。

古い小さな家作は、雨戸を閉めてひっそりとしていた。

京之介は、古い小さな家作に向かった。

木陰から佐助が現われた。

「御無事で……」

「うむ。多少、浅手《あさで》を負ったがな。佐助も御苦労だった」

「いえ。手前は和千代さまを背負って走っただけです。何事も楓さんの手柄ですよ」

佐助は笑った。

「そうか。で、おゆいどのは……」

「今朝方、楓さんがお連れしました」

佐助は、古い小さな家作を眺めた。

「よし……」

京之介は、古い小さな家作の板戸を開けた。


古い小さな家作の土間は薄暗かった。

京之介は土間に入った。

居間の囲炉裏端《いろりばた》には誰もいなく、掛けられた鉄瓶が湯気を揺らしていた。

京之介の背後に楓が現われた。

楓は、天井に潜み、入って来たのが京之介と見定めて飛び降りて来たのだ。

「何事も企て通りに終わったようですね」

楓は微笑んだ。

「応快と黒木は、水戸藩の仕業だと思っているようだ」

「願ったり叶《かな》ったりですね」

「うむ。して、おゆいどのと和千代さまは……」

京之介は、居間の奥の閉め切られた板戸を見詰めた。

「ええ。おゆいさんが応快と黒木の腹の内をいろいろ言い聞かせていますが、なかなか……」

楓は眉をひそめた。

「そうか……」

京之介は頷いた。

奥の板戸が開き、おゆいが出て来た。

「おゆいどの……」

「左さま、此度は御造作をお掛け致しました。どうぞ……」

「はい……」

京之介は、居間にあがって奥の部屋に向かった。

「楓さんも……」

おゆいは、楓を誘った。

「いえ。私は此処で……」

楓は、奥の部屋の敷居際に座って微笑んだ。


和千代は、入って来た京之介を見て驚いた。

「お、おぬしは汐崎藩の……」

「御納戸方御刀番の左京之介にございます」

京之介は平伏した。

「汐崎藩の御刀番が何故、此処にいるのだ」

和千代は戸惑った。

「お話は叔母上にお聞きになったと思いますが……」

京之介は、和千代を見据えた。

「そなたも御落胤など忘れ、仏の道を進めと申すか……」

「それが、亡き御母上さまのお望みと聞き及びましたが……」

京之介は微笑んだ。

「そ、それはそうだが……」

和千代は、微かに狼狽えた。

「和千代さま、有り体《あてい》に申しましてお父上宗憲さまは、和千代さまを面倒を持ち込んだ疫病神《やくびょうがみ》ぐらいにしか思っておりません」

「疫病神……」

和千代は、驚きに顔を歪《ゆが》めた。

「はい……」

「左とやら、お父上さまが私を疫病神だと思われている証はあるのか……」

「証は、私に来国俊の小太刀を奪い取って来いと御命じになられた事です」

「来国俊の小太刀を……」

「左様、奪い取って来いと……」

京之介は頷いた。

「まことか。左、それはまことなのか……」

和千代は、必死の面持ちで京之介を見詰めた。

「左様。宗憲さまは、来国俊の小太刀さえなければ、和千代は何処の馬の骨かも分からぬ小坊主と……」

京之介は、和千代を見据えて厳しい事を静かに告げた。

なまじ情けを掛けて儚《はかな》い望みを抱かせるより、本当の事を容赦なく告げるのも本人の為なのだ。

「叔母上……」

和千代は、おゆいに救いを求めるかのような眼を向けた。

「和千代さま、何事もお父上宗憲さまの御意向と、応快や黒木の本心をしっかり見極めてからです」

おゆいは、穏やかに告げた。

「はい……」

和千代は項垂《うなだ》れた。

「左さま……」

おゆいは、安堵の微笑みを浮かべた。

「うむ。して和千代さま、来国俊の小太刀は別当寺の何処にあるのですか……」

京之介は尋ねた。

「来国俊の小太刀は、応快に預けてある」

和千代は眉をひそめた。

「応快に……」

京之介は、来国俊の小太刀の在処《ありか》を知った。

「うん……」

和千代は頷いた。

「左さま。最早《もはや》、和千代さまに来国俊の小太刀は無用な物にございます」

おゆいは、厳しい面持ちで告げた。

「うむ……」

京之介は頷き、立ち上がって雨戸を開けた。

陽差しが一気に溢れた。

和千代は、眩しげに眼を細めた。

京之介は、和千代とおゆいを聖林寺の家作に留め、佐助を付けた。そして、楓と共に応快や黒木のいる上野東照宮別当寺に赴いた。

前夜、小石川御門外の水戸藩江戸上屋敷に忍び込んだ風魔忍びは、半刻後に何事もなく無事に戻って来た。

おそらく、水戸藩江戸上屋敷の警戒はいつもと変わりなく、和千代を拉致して来た緊張感もないのに気付き、引き上げたのだ。

御落胤の和千代がいなくなった今、応快と黒木はどうするのか……。

京之介は、応快と黒木の動きを読んだ。

水戸藩の江戸にある屋敷は、小石川御門外の上屋敷の他に本郷追分《ほんごうおいわけ》の中屋敷、向島小梅村《むこうじまこうめ》の下屋敷などがあった。

和千代は、本郷追分の中屋敷か向島小梅村の下屋敷のどちらかに連れ去られた。

おそらく応快と黒木は、そう睨んで配下の風魔忍びに探らせる筈だ。

京之介は、来国俊の小太刀を奪い取る手立てを思案した。

応快や黒木と水戸藩を咬《か》み合わせ、その隙を突いて来国俊の小太刀を奪い取るのも手立ての一つだ。

「咬み合わせるか……」

楓は、面白そうに笑った。

「うむ。やって損はないかもしれぬ」

京之介は、嘲りを浮かべた。


二人の雲水が、別当寺を出て不忍池の東の畔に向かった。

「よし。仕掛けてみる」

京之介は、応快と黒木の見張りに楓を残して二人の雲水を追った。


不忍池の東の畔の道は、谷中《やなか》に続いている。

二人の雲水は、不忍池の畔から谷中八軒町《はちけんちょう》に抜けた。そして、谷中八軒町前の道を西に進んだ。道はやがて根津権現《ねづごんげん》門前町に出た。

二人の雲水は、根津権現門前町を横切って水戸藩江戸中屋敷の裏手に出た。

裏手の道は、水戸藩江戸中屋敷の土塀沿いに根津権現の境内に続いている。

二人の雲水は、錫杖の鐶を鳴らして土塀沿いの道を進んだ。

中屋敷の様子を窺っている……。

京之介は睨んだ。

二人の雲水は、錫杖の鐶を鳴らした。

行く手にある裏門が開き、小者が出て来た。

京之介は、物陰に潜んで見守った。

小者は、二人の雲水に何事かを話し始めた。

水戸藩中屋敷に潜入し、探っている風魔の忍びの者だ。

京之介は見定め、物陰を出た。

「何をしている」

京之介は、水戸藩の家来を装って咎めた。

二人の雲水と小者は、不意に現われた京之介に狼狽えた。

「おのれ、小坊主を取り返しに来たのか……」

京之介は怒鳴った。

二人の雲水と小者は、小坊主と聞いて思わず顔を見合わせた。

「そうはさせぬぞ」

京之介は、小者に猛然と斬り付けた。
小者は転がり、辛うじて躱した。
二人の雲水は、墨染《すみぞめ》の衣を翻して跳び退き、八方手裏剣を放った。
京之介は、咄嗟に木陰に身を潜めた。
八方手裏剣は、京之介が潜む木の幹に音を立てて突き刺さった。
二人の雲水と小者は、身を翻して根津権現の境内に逃げた。
京之介は追った。

根津権現の境内には参拝客が訪れていた。
二人の雲水と小者は、根津権現境内の参拝客の中に散った。
京之介は、腹立たしげに立ち止まり、追うのを諦めた。
二人の雲水と小者は、参拝客に紛れて逃げ去った。
京之介は苦笑した。
二人の雲水と小者は、水戸藩江戸中屋敷に和千代がいると思って見張りを残し、
応快と黒木に報せる筈だ。

京之介は睨み、水戸藩江戸中屋敷に戻った。

水戸藩江戸中屋敷の表門と裏門には、逃げ去った雲水が既にそれぞれ張り付いていた。

応快や黒木の許には、おそらく小者が走ったのだ。

睨み通りに進んでいる……。

風魔の忍びの者たちは、京之介の小細工にのった。

京之介は秘かに笑った。

水戸藩江戸中屋敷を探っていた小者は、二人の雲水と別れて応快と黒木の許に報せに来ていた。

「そうか、小者が来たか……」

「風魔の忍びに違いない」

楓は頷いた。

「うむ……」

京之介は、二人の雲水を追った顚末を楓に教えた。

「ならば応快と黒木。今夜、水戸藩江戸中屋敷を襲うかもしれぬな」

楓は睨み、緊張を過《よ》ぎらせた。

「ああ……」

京之介は頷いた。

「もしそうなら、私が見届けよう」

「頼む。私はその隙に別当寺に忍び込み、来国俊の小太刀を探す」

京之介は、手筈を決めた。

陽は西の空に沈み始めた。


夕暮れ時が訪れた。

上野東照宮別当寺から、饅頭笠を被った雲水たちが出掛け始めた。

「やはり今夜、水戸藩の江戸中屋敷を襲うようだな」

楓は睨んだ。

「うむ……」

京之介は頷いた。

「応快と黒木、既に襲う手筈を整えたか……」

楓は、立ち去って行く雲水を見送った。

「楓……」

京之介は、別当寺から出て来た黒木兵部を示した。

黒木兵部は、辺りを油断なく窺って塗笠を目深《まぶか》に被り、下谷広小路に向かった。

「よし。じゃあ……」

「うむ。見届けるだけだぞ。気を付けてな」

京之介は釘を刺した。

「心配無用……」

楓は微笑み、軽い足取りで黒木兵部を追って行った。

京之介は見送った。

楓は、妖刀村正始末の一件以来、裏柳生を棄てて抜け忍となり、江戸の何処かで暮らしている。その住処と何を生業にしているのかは、京之介は知らなかった。

今、楓は京之介の信頼出来る数少ない者の一人だった。

京之介は、楓の無事を願った。
暮六つ（午後六時）の鐘の音が、上野の山に鳴り響いた。

第三章　不忠者

一

暮六つの鐘は鳴り終わり、辺りに夜の闇が広がった。

別当代の応快が、別当寺から出て来る気配はなかった。

京之介は、見張り続けた。

寺侍頭の黒木兵部が出掛けて半刻が過ぎた。

水戸藩江戸中屋敷を襲う風魔の忍びの者は、皆出掛けたようだ。だが、その中に応快はいなかった。

応快は、僅かな配下と共に別当寺に残っている。

応快を押さえ、来国俊の小太刀を奪う……。

京之介は、冷笑を浮かべて忍び込む時を窺った。


本郷追分には、水戸藩江戸中屋敷の他に加賀《かが》国金沢《かなざわ》藩江戸上屋敷と播磨《はりま》国安志《あんじ》藩江戸下屋敷が並んでいた。

忍び装束に身を包んだ楓は、安志藩江戸下屋敷の大屋根に潜み、南隣の水戸藩江戸中屋敷を見下ろした。

安志藩江戸下屋敷の大屋根からは、水戸藩江戸中屋敷の表門と裏門が見渡せた。

水戸藩江戸中屋敷は、番士の見廻りも少なく警備は緩《ゆる》かった。

それは、大名家の中屋敷が別荘的な役目であり、殿さまや家族、重臣たちが住んでいなく、留守居の家来たちも少ないからだ。

楓は、己の気配を消して安志藩江戸下屋敷の大屋根に潜み、風魔忍びの襲撃が始まるのを待った。

時が過ぎ、夜は更けた。

水戸藩江戸中屋敷の大屋根の闇が微かに揺れた。

楓は、微かに揺れた闇を見詰めた。

忍び装束の黒木兵部が、微かに揺れた闇から現われた。

風魔忍びの襲撃が始まる……。

楓は、緊張を滲ませて水戸藩江戸中屋敷を見廻した。

風魔忍びの者たちが、裏門脇の土塀を越えて水戸藩江戸中屋敷に侵入して闇に潜んだ。

見廻りの番士たちが、龕燈で辺りを照らしながらやって来た。

風魔忍びの者たちは、闇から飛び出して見廻りの番士たちに襲い掛かった。

見廻りの番士たちは、悲鳴をあげる間もなく倒された。

風魔忍びの者たちは、そのまま屋敷に走って雨戸を開けた。そして、次々と屋敷内に忍び込んだ。

大屋根にいた黒木は、庭に飛び降りて風魔忍びの者たちに続いて屋敷内に入った。

楓は見守った。

水戸藩江戸中屋敷内からは、異様な気配が漂い始めた。

斬り合いが始まった……。

楓は睨んだ。

黒木たち風魔忍びは、水戸藩の家来たちを倒して和千代を捜し始めたのだ。

異変に気付いた小者が、血相を変えて裏門から駆け出して行った。

小石川御門前の水戸藩江戸上屋敷は近い。

小者は報せに走ったのだ。

楓は、小者を見送った。そして、安志藩江戸下屋敷の大屋根から下り、水戸藩江戸中屋敷に走った。


水戸藩江戸中屋敷内は、既に血の臭いに満ちていた。

楓は、開けられた雨戸から中屋敷内に忍び込み、斬り合いの場に進んだ。

屋敷内には、斬られた水戸藩の家来たちが血を流して倒れていた。

斬り合いは、襲った黒木たち風魔忍びが押している。

楓は読んだ。

斬り合いの気配は、急速に萎《な》え始めていた。

楓は、暗がりに潜んだ。

風魔忍びの者たちが、和千代を捜して中屋敷内に散っていった。

楓は、天井裏に忍んだ。そして、連なる座敷に耳を澄ませた。

男の苦しげな呻き声が、微かに聞こえた。

楓は、天井の梁《はり》を伝って男の苦しげな呻き声のする座敷に進んだ。

「和千代、まこと此の中屋敷にいないのだな」

黒木の苛立った声が、座敷から聞こえた。

楓は、梁に足を絡ませて逆さになり、天井板に耳を近づけた。

「ああ。いない。和千代などと申す者、此の中屋敷にはおらぬ」

水戸藩の家来と思われる男が、苦しげに告げた。

「嘘偽りを申すと命はないぞ……」

黒木は脅した。

「本当だ。嘘偽りなどではない」

「お頭《かしら》……」

風魔忍びが、黒木に呼び掛けた。

「どうだ……」

「和千代さま、何処にもおりません」

「おのれ……」

黒木は、和千代が水戸藩江戸中屋敷にいるというのが嘘偽りだと気付いた。

「謀《たばか》ったな」

黒木が腹立たしげに吐き棄て、肉を刺す音と男の断末魔《だんまつま》の呻き声がした。

血の臭いが新たに湧いた。

楓は、黒木が水戸藩の家来と思われる男を刺し殺したのを知った。

「これ迄だ……」

黒木は、配下の風魔忍びに撤収を命じた。

襲撃は終わった。

楓は、梁の上を走り、開けられた雨戸近くの座敷に下り、暗がりに忍んだ。

風魔の忍びの者は、開けられた雨戸から次々に庭に出た。

刹那、数本の矢が音を鳴らして飛来した。

風魔の忍びの者たちは、胸や腹に矢を受けて蹲《うずくま》り、倒れた。

水戸藩江戸上屋敷の家来たちが、小者の報せを受けて駆け付けて来たのだ。

楓は小さく笑った。

風魔の忍びの者たちは、驚き怯んだ。

中屋敷の式台《しきだい》から足音が鳴った。

駆け付けた水戸藩江戸上屋敷の者たちだ。

黒木は、配下の風魔の忍びの者たちと共に挟まれた。

大勢の水戸藩江戸上屋敷の家来たちが刀を煌めかせ、廊下や座敷を押し進んで来た。

黒木は、庭に煙《けむ》り玉を投げた。

煙り玉は、目眩《めくら》ましの白煙を噴き上げた。

風魔の忍びの者たちは、連なる雨戸を蹴破って庭に飛び出した。

乱射された矢が白煙を巻いて飛来し、風魔の忍びの者に突き刺さり、音を鳴らして雨戸に突き立った。

矢を逃れた風魔の忍びの者たちは、弓を構える水戸藩の家来たちに向かった。

弓を構えていた家来たちが退き、望月蔵人が二人の家来と現われた。

風魔の忍びの者たちは、望月と二人の家来に襲い掛かった。

望月と二人の家来は、刀を抜き払って風魔の忍びの者と斬り結んだ。

二人の家来は手練《てだ》れであり、風魔の忍びの者たちは次々と斬り倒された。

駆け付けた水戸藩の家来たちは、中屋敷内から押し出した。

黒木と風魔の忍びの者たちは、望月たち水戸藩の家来たちに取り囲まれた。

「おのれ、何故に中屋敷を襲った」

望月は、怒りを滲ませた。

「和千代さまを何処に隠した」

黒木は、望月を睨み付けた。

「和千代だと……」

望月は戸惑った。

「惚《とぼ》けるな」

黒木は、望月に鋭く斬り掛かった。

望月の左右にいた二人の家来が、間髪を入れずに黒木に斬り付けた。

黒木は、咄嗟に跳び退いて躱し、八方手裏剣を放った。

二人の家来は、黒木の放った八方手裏剣を辛うじて躱した。

黒木は、忍び刀を抜いた。

「和千代、いれば生かしてはおかぬ」

望月は、冷酷に笑った。

黒木に困惑が過ぎった。

和千代は、水戸藩にとって目障りなだけの邪魔者でしかなく、生かしておく理由はないのだ。

黒木は、何者かの仕掛けた罠に落ちたのに気付いた。

「勝手逃れ《かってのがれ》……」

黒木は、風魔の忍びの者たちに命じた。

〝勝手逃れ〟とは、忍びの集団を棄てて一人の忍びの者として手立てを選ばず勝手に逃げる事を云った。

水戸藩の家来たちは、黒木たち風魔の忍びの者に殺到した。

一人でも多く生き延びてくれ……。

黒木はそう願い、鬼のような形相《ぎょうそう》で水戸藩の家来たちと激しく斬り結んだ。

楓は、暗がりに忍んで見守った。

頃合いだ……。

京之介は、塗笠を目深に被って別当寺に踏み込む仕度をした。

別当寺の山門の闇が揺れた。

京之介は、物陰に身を潜めて揺れた闇を見据えた。

饅頭笠を被った二人の雲水が、山門の揺れた闇の中から出て来た。

二人の雲水は、辺りに不審な事のないのを見定めて山門を振り返った。

一人の雲水が出て来た。

二人の雲水は、後から出て来た雲水を護るようにして下谷広小路に向かった。

京之介は、後から出て来た雲水が二尺程の長さの棒状の物を包んだ風呂敷包みを背負っているのに気付いた。

後から出て来た雲水は応快、背負っている棒状の風呂敷包みは来国俊の小太刀……。

京之介は睨んだ。

応快は、来国俊の小太刀を持って何処かに行こうとしているのだ。

何処に行く……。

京之介は、応快と二人の雲水を追った。

応快と二人の雲水は、足早に下谷広小路に向かった。

京之介は、暗がり伝いに応快と二人の雲水を尾行た。

応快と二人の雲水は、下谷広小路を足早に抜けて御成街道を神田川に向かった。

京之介は追った。

応快たちが何処に行くかより、来国俊の小太刀を奪い取るのが先だ。

京之介は、応快たちとの間を詰めた。


応快と二人の雲水は、月明かりに輝いている神田川沿いの道を昌平橋に向かった。

そして、昌平橋に差し掛かった時、反対側から塗笠を目深に被った京之介がやって来た。

二人の雲水は、応快を護る態勢を取って進んだ。

京之介は、構わずに進んだ。

応快たちは、京之介と擦れ違った。

刹那、京之介は霞左文字を応快に向かって抜き打ちに放った。

応快の背負っていた風呂敷包みが斬り裂かれ、刀の入った金襴の刀袋が滑り落ちた。

応快は驚いた。

京之介は、刀の入った金襴の刀袋を拾おうと身を屈めた。

雲水の一人が、京之介に向かって錫杖を振るった。

錫杖の先から分銅《ふんどう》が飛び出し、身を屈めた京之介の脇腹を打った。

京之介は、片膝をつきながら辛うじて金襴の刀袋を拾い上げた。

残る雲水は、錫杖に仕込んだ刀で京之介に斬り付けた。

京之介は、転がって躱しながら霞左文字を横薙ぎに一閃した。

仕込み刀を握った雲水の腕が、暗い夜空に斬り飛ばされた。

仕込み刀を握る腕を両断された雲水は、血を振《ふ》り撒《ま》いて蹲り、苦しく呻いた。

京之介は、立ち上がって昌平橋に走った。しかし、分銅に打たれた脇腹に激痛が衝《つ》き上げた。

動けぬ……。

京之介は、思わず片膝をついた。

錫杖の分銅は鎖を伸ばし、唸りをあげて京之介に迫った。

京之介は、金襴の刀袋を握って身を投げだし、必死に躱した。

分銅は、京之介のいた処の昌平橋の床板を激しく抉《えぐ》った。

応快は、京之介に鋭く斬り付けた。

京之介は、雲水の分銅と応快の刀を転がりながら必死に躱した。

「おのれ、来国俊を返して貰おう……」

応快は、京之介に斬り付けた。

刹那、京之介は昌平橋の欄干の下の隙間に転がり、神田川に身を落とした。

水飛沫が月明かりに煌めいた。

応快と雲水は、欄干に駆け寄って神田川の京之介の沈んだ流れに八方手裏剣を投げた。

八方手裏剣は、神田川の流れに吸い込まれた。しかし、京之介は神田川の流れに浮かんでは来なかった。

「捜せ。捜すんだ……」

応快は、雲水に命じた。
雲水は、返事をして昌平橋の下の船着場に下り、猪牙舟の舫い綱を切って流れに押出し、飛び乗った。

猪牙舟は、流れに乗って神田川を下った。
雲水は、神田川の流れと両岸に京之介を捜した。
神田川の流れは煌めき、両岸にも人影は見えなかった。
何処にもいない……。
雲水は眉をひそめた。
死んで神田川に沈んだのかもしれない……。
雲水はそう思った。
不意に猪牙舟が傾いた。
雲水は、思わず傾いた側を覗いた。
次の瞬間、流れの中から霞左文字が鋭く突き出された。
霞左文字は輝き、雲水の喉元に深々と突き刺さった。

雲水は、驚きに眼を瞠って絶命した。
京之介は、霞左文字を引き抜いた。
雲水は、前のめりになって神田川の流れに落ち、川底に沈んでいった。
京之介は、猪牙舟に金襴の刀袋に入った刀と霞左文字を入れ、懸命に這い上がった。
濡れた着物は重く、水は音を立てて流れ落ちた。
京之介は、猪牙舟に仰向けに横たわり、脇腹の痛みに耐えて息を整えた。
脇腹の骨が砕かれた……。
京之介は、脇腹の痛みを見立てた。
夜空に広がる星は美しく瞬いていた。
来国俊の小太刀は、辛うじて奪い取った。
京之介は、金襴の刀袋から来国俊の小太刀を取り出し、静かに抜き放った。
来国俊の小太刀は、細い刀身を美しく輝かせた。
来国俊に間違いない……。
京之介は見定めた。

応快は、来国俊の小太刀を誰の処に持って行こうとしていたのか……。

京之介は、新たな疑念を抱いた。

猪牙舟は、神田川の流れに乗ってゆっくりと大川に向かった。


風魔の忍びの者は討ち果たされた。

手負いとなって捕えられた者たちは、毒を呷って自害したか、止めを刺されて死んでいった。だが、そうした者たちの中に黒木兵部はいなかった。

黒木兵部と数人の風魔の忍びの者は、勝手逃れで闇に紛れて散ったのだ。

楓は見届けた。

望月蔵人たち水戸藩の家来たちは、中屋敷の庭の隅に穴を掘り、風魔の忍びの者たちの死体を埋め始めた。

水戸藩江戸中屋敷での死闘は、何事もなかったかのように闇の彼方に葬られていく。

それが忍びの者の運命……。

楓は、忍びの者の虚しさと儚さを身に沁《し》みていた。

それ故の抜け忍……。
楓は、自分が裏柳生の抜け忍になった理由を思い出した。
これ迄だ……。
楓は隠行を解き、水戸藩江戸中屋敷を後にした。

汐崎藩御納戸方御刀番左京之介は、消息を絶った。
楓は、上野東照宮別当寺を探った。
別当寺に応快の姿は見えず、周辺に京之介が潜んでいる気配はなかった。
京之介は、来国俊を奪い取るのに失敗したのか……。
楓は、不吉な予感に襲われた。

二

三田中寺丁の聖林寺の境内には、浄雲の経が朗々と響き渡っていた。
楓は、本堂の裏の古く小さな家作を訪れた。

古く小さな家作に京之介はいなく、佐助がおゆいや和千代といるだけだった。

やはりいないか……。

楓は、微かに落胆した。

「どうかしたのか……」

佐助は眉をひそめた。

楓は、京之介が来国俊の小太刀の奪取に動いたまま消息を絶った事を告げた。

「京之介さまが……」

佐助は驚いた。

「うむ……」

楓は、心配げに頷いた。

「汐崎藩の上屋敷にも戻っちゃあいないのか」

「上屋敷は未だだ……」

「よし。じゃあ俺が調べる。楓さんはおゆいさまと和千代さまを頼む」

佐助は頼んだ。

「心得た」

楓は頷いた。


汐崎藩江戸上屋敷の侍長屋は、家来たちも役目に就いており人気がなかった。

佐助は、京之介の家に入った。

家の中に変わった処はなかった。

京之介は戻っていない……。

佐助は見定めた。

やはり、楓の心配しているように京之介の身に異変があったのかもしれない。

佐助は、何事もなかったかのように装って京之介の帰りを待つことにした。

「佐助、左どのはいるか……」

家来が京之介の家を訪れた。

「いえ。出掛けておりますが……」

「ならばその方、村山仁兵衛さまの許に参れ」

「村山仁兵衛さま……」

佐助は戸惑った。

村山仁兵衛は、汐崎藩江戸留守居役の重臣であり、佐助のような小者を呼ぶ事は滅多にない。

「左様。一緒に参れ」

「は、はい……」

佐助は、家来に伴われて表御殿にある江戸留守居役の用部屋に向かった。

佐助は、江戸留守居役の用部屋の庭先に控えた。

村山仁兵衛が家来を従えて用部屋から現われ、佐助の控える庭先の濡縁に出て来た。

佐助は平伏した。

「その方が左の下僕《げぼく》か……」

「はい……」

佐助は、平伏したまま答えた。

「左は出掛けているそうだが、何処に行っているのだ」

村山は、佐助に厳しい眼を向けた。

「京之介さまは、お殿さまの御命令でお出掛けになったままで、何処に行ったのか手前には分かりませぬ」

「殿の御命令とは何だ……」

村山は眉をひそめた。

「存じません」

「知らぬ……」

「はい……」

佐助は、余計な言質《げんち》を取られるのを恐れて短く答えた。

村山は、平伏している佐助を睨み付けた。

佐助は、村山の次の言葉を待った。

「ならばその方、左から御落胤の和千代さまや来国俊の小太刀の事、聞いてはおらぬのか」

村山は、苛立ちを滲ませた。

「はい。何も聞いてはおりませぬ」

佐助は、平伏したまま微かな嘲りを浮かべた。

「まこと、何も聞いておらぬのだな……」

「はい……」

「和千代さまがいなくなったとか、来国俊の小太刀をどうかしたとか、まこと聞いてはおらぬのだな」

村山は、苛立ちながら念を押した。

「はい」

佐助は、困ったように同じ返事を繰り返した。

「分かった。もう良い」

村山は、足音を鳴らして用部屋に戻り、乱暴に障子を閉めた。

佐助は、平伏したまま見送った。

「佐助、退《さ》がれ、退がれ」

控えていた家来が、煩《わずら》わしそうに手を振った。

「は、はい。御無礼致します」

佐助は、用部屋の前の庭を出た。

江戸留守居役村山仁兵衛は、御落胤の和千代が応快たちの許からいなくなったのを知っていた。

佐助は睨んだ。

村山は、来国俊の小太刀にも触れた。

佐助は、京之介から和千代を連れ出した事を宗憲は無論、江戸家老の梶原頼母や村山仁兵衛に報せていないと聞いていた。だが、村山仁兵衛は、和千代がいなくなったのを知っており、来国俊の小太刀にも異変があったのを匂わせた。

誰に聞いたのだ……。

佐助は、想いを巡らす迄もなかった。

江戸留守居役村山仁兵衛は、応快や黒木たちと通じているのだ。

佐助は、京之介から村山は水戸藩と通じていると聞いていた。だが、村山は応快や黒木たちとも通じていたのだ。

佐助は知った。

此の事実を一刻も早く京之介さまに報せなければならない……。

佐助は、微かな焦りを浮かべた。だが、京之介の行方が分からない限り、どうしようもないのだ。

今やれることは何だ……。

佐助は、江戸留守居役の村山仁兵衛を見張る事にした。


夕暮れ時、村山仁兵衛は供侍を従えて汐崎藩江戸上屋敷を出た。

大名家の江戸留守居役は、公儀や他藩との連絡や交渉に当たる役目だ。

相手によっては、夕暮れ時に料理屋に出掛ける事も多い。

佐助は尾行た。

村山は、供侍を従えて愛宕下大名小路から外濠沿いを北に進んだ。

佐助は、慎重に追った。

村山は、供侍を従えて数寄屋橋《すきやばし》御門、鍛冶《かじ》橋御門、呉服橋御門、常盤橋御門の袂を進み、神田堀に架かる竜閑橋《りゅうかんばし》を渡って鎌倉河岸に出た。

佐助は追った。

村山は、供侍を従えて鎌倉河岸を神田橋御門に向かった。

駿河台《するがだい》の武家屋敷街に行くのか……。

佐助は、慎重に追った。

村山と供侍は、神田橋御門前を抜けて錦《にしき》小路に曲がった。そして、山城国淀《やましろよど》藩江戸上屋敷と信濃《しなの》国上田藩江戸上屋敷前を通って小袋町に進み、旗本屋敷に入った。

佐助は見届け、小さな吐息を洩らして緊張を解いた。

駿河台小袋町の旗本屋敷……。

佐助は、京之介に聞いた覚えがあった。

黒木兵部が訪れた旗本屋敷の一つが、小袋町にあった筈だ。

佐助は、辺りに聞き込みを掛けた。

大目付の土屋主水正の屋敷……。

佐助は、村山仁兵衛が訪れた旗本屋敷の主が誰か知った。

村山仁兵衛は、大目付の土屋主水正に何の用があって訪れたのだ。

佐助は眉をひそめた。

大目付は、大名を監察するのが役目だ。

御落胤騒ぎの起こっている汐崎藩としては、最も拘わりたくない相手の筈だ。だが、村山は訪れた。それは、御落胤騒ぎが知られているかどうか探りを入れる為なのかもしれない。

佐助は、村山仁兵衛が大目付土屋主水正を訪れた事実を一刻も早く京之介に伝えたかった。


望月蔵人は、汐崎藩藩主堀田宗憲の御落胤の和千代が、応快や黒木兵部の許から連れ去られたのを知った。

応快と黒木は、和千代を連れ去ったのを水戸藩の者だと読んだ。だが、望月たち水戸藩の家来は和千代を連れ去ってはいなかった。

水戸藩が欲しいものは、和千代の身柄ではなく命だ。

誰が何の目的で和千代を連れ去ったのか……。

望月は、想いを巡らせた。

御落胤の和千代は、水戸徳川家にとって目障りな邪魔者だ。そして、水戸徳川家を恐れている汐崎藩にも騒ぎの元の余計者でしかなく、連れ去ったとしたなら何らかの報せが来る筈だ。だが、報せはない。唯一、和千代を庇護《ひご》しているのは、応快と黒木たちだ。その応快と黒木たちの許から和千代は連れ去られたのだ。

水戸藩と汐崎藩、応快と黒木。そして……。

和千代に拘わる者は、その他にも存在するのだ。

望月は気付いた。

誰が何の狙いがあっての事なのか……。

望月は眉をひそめた。


応快と黒木兵部は、窮地に追い込まれた。

和千代を連れ去られたのに続き、御落胤の証である来国俊の小太刀迄も奪われたのだ。

「何処の誰の仕業なのだ……」

応快は、怒りを滲ませた。

「確かに水戸藩の仕業なら連れ去る手間を省き、さっさと殺した筈だ」

黒木は、望月の嘲りを思い出した。

「となると汐崎藩か……」

応快は眉をひそめた。

「うむ。如何に酷薄な宗憲でも我が子は我が子だ。和千代を哀れんで連れ去ったのかもしれぬ」

黒木は読んだ。

「そして、我らと水戸藩の者に殺し合いをさせ、その隙に来国俊の小太刀を奪ったか……」

応快は、怒りを滲ませた。

「おそらくな……」

黒木は頷いた。

「だが、土屋さまから何の報せもないぞ」

応快は眉をひそめた。

「宗憲、水戸徳川家を憚《はばか》り、腹心の者だけと秘かに企てたのであろう」

「おのれ、堀田宗憲……」

応快と黒木は、和千代を連れ去って罠を掛け、その隙に来国俊の小太刀を奪い取ったのは宗憲だと睨んだ。

「ならば、和千代は汐崎藩の中屋敷か下屋敷にいるかもしれぬな」

江戸上屋敷に連れ去れば、腹心の者以外の者の眼にも触れ、水戸徳川家に知れるのは間違いない。宗憲は、それを恐れて中屋敷か下屋敷に和千代を匿っている。

黒木は読んだ。

「うむ……」

応快は頷いた。

「よし。探ってみる」

黒木は、厳しい面持ちで告げた。

「ああ。和千代と来国俊の小太刀、売り物がなければ金は稼げぬ。何としてでも取り戻すのだ」

応快は、その眼を狡猾に光らせた。


夜。

江戸留守居役村山仁兵衛は、供侍を従えて大目付の土屋主水正の屋敷から汐崎藩江戸上屋敷に真っ直ぐ戻った。

佐助は見届け、侍長屋の京之介の家に戻った。

家は暗く、京之介が戻っている気配はなかった。

佐助は、不安を募らせた。


聖林寺の本堂では、老住職の浄雲が経を読んでいた。

祭壇の灯明《とうみょう》の炎が揺れた。

浄雲は、揺れた灯明の炎を一瞥して経を読み終えた。

「手傷を負ったか……」

浄雲は振り向き、本堂の隅の暗がりに囁いた。

「はい……」

本堂の隅の暗がりから京之介が現われた。

「湿布《しっぷ》薬の臭いだな」

浄雲は、灯明の炎が揺れるのを見て京之介が来たのに気付き、湿布薬の臭いで手傷を負ったのを知った。

「はい。脇腹を忍びの者の分銅に打たれ、肋骨《あばらぼね》を折ったようです」

京之介は、折られた肋骨の部分に湿布薬を塗り、晒《さら》しを固く巻いていた。

「肋骨で良かったな」

「はい」

京之介は苦笑した。

「家作の方は変わりはないようだ」

「そうですか……」

「して、それは……」

浄雲は、京之介の脇にある金襴の刀袋を一瞥した。

「来国俊の小太刀です」

「ほう。来国俊か……」

「はい……」

京之介は、来国俊の小太刀の謂《いわ》れと手にした経緯を浄雲に話した。

「成《な》る程《ほど》。堀田宗憲、相変わらずの愚か者振りだな」

浄雲は苦笑した。

「如何に愚かな者でも我が主……」

京之介は眉をひそめた。

「京之介、不忠も忠義の内だ」

浄雲は、厳しい面持ちで遮った。

「不忠も忠義の内……」

京之介は戸惑った。

「左様。宗憲に対しては不忠であっても、主筋《しゅうすじ》の堀田家の為にならば忠義と云える。京之介、不忠者になるのも面白いかもしれぬ」

浄雲は笑った。

「浄雲さま……」

京之介は、浄雲に思わず頭を下げた。

祭壇に祀られた阿弥陀如来座像は、灯明に照らされて穏やかな微笑みを浮かべていた。

翌朝、汐崎藩江戸上屋敷に微かな騒《ざわ》めきが起きた。

「何かあったんですかい……」

佐助は、親しくしている小者頭にそれとなく尋ねた。

「何でも昨夜、中屋敷と下屋敷に曲者《くせもの》が忍び込んだそうだぜ」

小者頭は眉をひそめた。

「中屋敷と下屋敷に……」

佐助は戸惑った。

「ああ……」

「盗賊ですか……」

「いや。盗まれた物もなく、盗賊じゃあねえようだ」

汐崎藩江戸中屋敷は渋谷広尾《しぶやひろお》にあり、下屋敷は木挽町《こびきちょう》にある。

両屋敷が、一晩の内に盗賊に押し込まれたとは考え難い。

「じゃあ、誰が何の為に……」

「そいつが分からねえから、お目付たちが調べに行ったよ」

「へえ。そうなんですかい……」

佐助は頷いた。

中屋敷と下屋敷に忍び込んだのは、風魔の忍びの者たちかもしれない。

佐助は読んだ。

もし、そうだとしたなら何故だ……。

佐助は、想いを巡らせながら侍長屋の京之介の家に戻った。

框《かまち》に楓の葉が一枚あった。

楓からの繋ぎだ。

聖林寺で何かあった……。

佐助は、朝の仕事を終えて三田中寺丁の聖林寺に急いだ。


阿弥陀如来は慈愛に満ちていた。

京之介は、聖林寺の本堂の祭壇の前に座って阿弥陀如来座像を見上げていた。

楓が、本堂の開け放たれた戸口に現われた。

「来たか……」

京之介は振り向いた。

「ええ……」

楓は本堂に入り、京之介の傍らに控えた。

佐助が、階《きざはし》を上がって本堂の戸口にやって来た。

「京之介さま……」

佐助は、急いで来たのか微かに息を乱していた。

「やあ。心配を掛けたようだな」

京之介は笑った。

「はい。心配しました。ですが、御無事で何よりです」

佐助は、京之介の前に座った。

「うむ。来国俊の小太刀、どうにか奪い取った。して、上屋敷の様子はどうだ」

「それが……」

佐助は眉をひそめた。

「何があった……」

京之介は、緊張を過ぎらせた。

三

汐崎藩江戸上屋敷に何があった……。

京之介は、佐助の言葉を待った。

「御留守居役の村山仁兵衛さま、駿河台小袋町の土屋主水正さまの御屋敷に出入りしています」

佐助は、厳しい面持ちで告げた。

「土屋主水正……」

京之介は眉をひそめた。

「はい……」

「土屋主水正と申せば、黒木兵部も出入りをしていた大目付だ」

「ええ。村山さま、土屋主水正さまに何の用があったのですかね」

佐助は、意味ありげに京之介を見詰めた。

「御落胤騒ぎが大目付たちに洩れているかどうか探っているのかもしれぬが……」

京之介は、想いを巡らせた。

「私もそう思いました。ですが、大目付さまは他に四人もおいでになります。選《よ》りに選って黒木兵部が出入りしている土屋さまを訪れるとは……」

佐助は首を捻った。

「他に理由があるか……」

京之介は、佐助の懸念を読んだ。

「かもしれません……」

佐助は頷いた。

「うむ。だが、村山さまは水戸藩と通じている筈だが……」

京之介は、微かな困惑を滲ませた。

「水戸藩に通じている一方、風魔の黒木兵部が出入りしている大目付の土屋主水正とも何らかの拘わりがあるか……」

楓は眉をひそめた。

「うむ……」

京之介は頷いた。

「水戸藩の家来たちと黒木たち風魔は、凄絶な殺し合いを繰り広げた。敵同士である事は間違いない」

楓は、本郷追分の水戸藩江戸中屋敷での激しい斬り合いを思い出した。

「そうした両者の間にいるのが村山仁兵衛と大目付の土屋主水正か……」

京之介は、厳しさを滲ませた。

「京之介さま……」

「うむ。何かあるな」

「きっと……」

「よし。大目付の土屋主水正、探りを入れてみよう」

京之介は決めた。

「ならば、私がやろう」

楓が身を乗り出した。

「楓……」

「その怪我だ。今は無理は禁物。暫《しばら》く此処にいるのだな」

「京之介さま、楓さんの云う通りです。上屋敷の方は私が見張ります」

「しかし……」

「話は此迄《これ》だ」

楓は、話を打ち切った。

「京之介さま……」

「分かった。お前たちの云う通りにしよう」

京之介は、吐息を洩らした。

「それから昨夜、渋谷広尾の中屋敷と木挽町の下屋敷に何者かが忍び込んだそうです」

佐助は告げた。

「中屋敷と下屋敷に……」

京之介は戸惑った。

「はい。盗られた物もなく、忍び込んだのは盗賊じゃあないそうです」

「盗賊じゃあないか……」

京之介は、忍び込んだ者とその狙いに気付き、思わず苦笑した。

「京之介さま……」

「佐助、忍び込んだのは、おそらく応快と黒木の配下だ」

「じゃあ、風魔の忍びの者ですか……」

「うむ。和千代さまを連れ去ったのを汐崎藩の仕業と睨んでの所業だろう」

「では、和千代さまを捜しに……」

「うむ。だが、和千代さまはいなかった。次はどうするかだな」

京之介は、応快と黒木たちの動きを読んだ。


和千代は、汐崎藩の江戸中屋敷と下屋敷にはいなかった。

「中屋敷や下屋敷にいなければ、大名小路の江戸上屋敷か……」

応快は、腹立たしげに睨んだ。

「うむ。しかし、上屋敷にいるなら土屋さまを通じて何らかの報せがある筈だ」

黒木は眉をひそめた。

「家臣たちにも内密にし、奥御殿の奥に匿っているとしたらどうだ」

「だが、奥御殿となると正室のお香の方がいる。果たして匿い切れるかな……」

黒木は、厳しい面持ちで首を捻った。

云う通りだ……。

応快は、水戸藩が実家の正室お香の方のいる奥御殿に御落胤の和千代を匿える筈がないと気付いた。

「ならば、宗憲の縁《ゆかり》の何処かかもしれぬな」

応快は、吐息を洩らした。

「いずれにしろ、和千代を連れ去り、来国俊の小太刀を奪った者は、宗憲腹心の者に違いあるまい」

黒木は、和千代の実父である宗憲の親心を信じていた。

「宗憲の腹心か……」

「うむ。ひょっとしたら来国俊の小太刀の目利きをした御刀番かもしれぬ」

黒木は睨んだ。

「御刀番……」

「うむ……」

黒木と応快は、来国俊の小太刀を鋭い眼差しで目利きをした左京之介を思い出した。

「確か左京之介とか申したな」

応快は眉をひそめた。

「よし。左京之介、どのような者か上屋敷に探りを入れてみる」

「うむ。儂は土屋さまに汐崎藩がどうなっているか聞いてみよう」

応快と黒木は、各々のやる事を決めた。


駿河台の武家屋敷街には辻行燈の明かりが浮かび、辻番《つじばん》の番士たちが見廻りを始めた。

辻番は武家屋敷街にあり、町方《まちかた》の自身番《じしんばん》に相当する。そして、辻番は大名家などの一人持ちと、何人かの旗本で持っている組合辻番があった。

忍び装束の楓は、辻番の番士たちの見廻りを遣り過ごし、大目付土屋主水正の屋敷に忍び込んだ。

土屋屋敷には、言い知れぬ緊張感が漂っていた。

屋敷の雰囲気は、主の人柄が反映する。

主の土屋主水正は、何事にも厳しい神経質な男なのだ。

楓はそう睨み、植込み伝いに中奥の庭に忍び込んだ。

中奥は、御殿様御殿とも呼ばれて屋敷の主が暮らしている場所だ。

楓は、植込み越しに連なる座敷を窺った。

ある座敷の障子には、燭台の明かりが映えていた。

近習たちが、銚子を持って廊下をやって来た。そして、明かりの映えている障子の座敷に声を掛けた。

楓は見守った。

近習たちは、明かりの映えている障子を開けて座敷に入った。

障子越しに僅かに見えた座敷の中には、墨染の衣を纏《まと》った坊主がいた。

応快……。

座敷には、主の土屋主水正と応快がいるのだ。

楓は、近習たちが立ち去るのを見定め、座敷の連なる廊下に走った。そして、明かりの灯されていない暗い座敷に素早く忍び込んだ。

楓は暗い座敷に忍んだ。

土屋と応快のいる座敷は、暗い座敷の次の次だ。

楓は、暗い座敷の隅の長押《なげし》に跳び、天井板をずらして天井裏に忍び込んだ。

天井裏は暗く、湿った臭いがした。

楓は、土屋と応快のいる座敷の方を透かし見た。

天井裏に座敷の明かりが洩れていた。

楓は、梁伝いに土屋と応快のいる座敷の天井裏に進んだ。そして、梁に足を絡ませて逆さにぶら下がり、天井板を僅かにずらして覗いた。

眼下の座敷に、白髪の小柄な老人と応快が酒を飲んでいた。

白髪の小柄な老人こそが、大目付土屋主水正なのだ。

楓は見定めた。


「それで、和千代を連れ去ったのは宗憲の腹心の者だと申すのか……」

土屋主水正は、白髪眉をひそめた。

「はい。水戸藩の者の仕業ならば、連れ去る迄もなく殺す筈にございます」

応快は、土屋に探るような眼差しを向けた。

「うむ。それは申す通りだな。しかし、あの堀田宗憲が人並みの親心を持っているとは思えぬ……」

土屋は、宗憲を侮り嘲笑を浮かべた。

「ですが、それ以外に和千代を連れ去った者は、考えられませぬ」

「だがな応快。汐崎藩の者の話では、宗憲は和千代の元服など毛筋程にも考えてはおらぬし、むしろ来国俊の小太刀に執心しているそうだ」

「和千代より来国俊の小太刀ですか……」

「左様。それこそが堀田宗憲。腹心に命じて和千代を連れ去ったなど、応快、その方の考え過ぎであろう」

「しかし、手前の考え過ぎならば、誰が何の為に和千代と来国俊の小太刀を……」

応快は眉をひそめた。

「応快、その方と黒木は、何故に御落胤の和千代の話を儂の処に持ち込んだのだ」

「それはもう。土屋さまには、和千代の汐崎藩乗っ取りの後ろ盾になって戴き、堀田宗憲と汐崎藩家中の様子を……」

「応快、つまりは金だ」

土屋は、応快を遮って盃の酒を飲んだ。

「畏れいります」

応快は苦笑した。

「和千代と来国俊を奪った者も金が目当てに違いあるまい」

土屋は、細い眼を光らせた。

「ならば、我らに取って代わろうと……」

応快は、厳しさを過ぎらせた。

「うむ。和千代を使って汐崎藩を乗っ取れれば重畳《ちょうじょう》。失敗すれば、和千代の命を水戸藩に高値で売り飛ばす。応快、その方たちの企て、和千代と来国俊の小太刀と共に盗まれたかもしれぬぞ」

「はい。それにしても何者か……」

土屋は睨んだ。

「応快、ひょっとしたら汐崎藩家中の者やもしれぬ」

「汐崎藩家中の者……」

「左様。和千代と来国俊が高値で売れると知っている者は、汐崎藩家中の者……」

土屋は、和千代を品物扱いした。

「汐崎藩家中の者……」

応快は、左京之介を思い浮かべた。しかし、土屋に知らせなかった。

所詮は悪党同士、手の内のすべてを曝《さら》す必要はない。

「よし。汐崎藩家中の者共、詳しく調べてみよう」

土屋は、内通者である汐崎藩江戸留守居役の村山仁兵衛の事を応快に知らせてはいない。

「宜しくお願いします」

応快は平伏し、浮かぶ狡猾な笑みを巧みに隠した。

四半刻後、応快は土屋屋敷を辞した。


楓は、暗い天井裏に忍び続けた。

眼下の座敷は、既に膳も片付けられ、燭台の火も消されていた。

和千代を高値で売る……。

楓は、和千代を品物扱いしている応快と土屋主水正に怒りを覚えていた。

怒りは、和千代への哀れみでもあった。

楓は、怒りが鎮まるのを待って土屋屋敷を脱出した。

左京之介は、祖父の代からの汐崎藩納戸方御刀番であり、家伝の左霞《ひだりかすみ》流の遣い手だった。

「して、どのような人柄なのだ」

黒木兵部は、汐崎藩江戸上屋敷に探りを入れてきた配下の風魔忍びに尋ねた。

「普段は身分に拘《こだわ》らない穏やかな人柄だそうですが、事あらば果断《かだん》であり、時には冷徹さを見せるそうです」

「事あらば果断で、時には冷徹か……」

黒木は、来国俊の小太刀を鋭い眼差しで目利きする京之介の姿を思い浮かべた。

「はい」

「して今は……」

「それが、上屋敷の中間の話では、此処《ここ》暫く姿を見掛けないと……」

「暫く見掛けない……」

黒木は眉をひそめた。

宗憲の密命を受けた腹心は、やはり御刀番の左京之介なのかもしれない。

「はい。家中の者共は、左京之介、また殿の不興《ふきょう》を買ったのではないかと噂しているそうにございます」

「また殿の不興を買った……」

黒木は戸惑った。

「はい。左京之介、主の宗憲とどうにも反りが合わず、度々不興を買っており、余り重用されていないとか……」

左京之介は、宗憲から密命を与えられる家来ではないのだ。

「あの宗憲だ。反りの合う者など滅多にいないだろう」

黒木は苦笑した。だが、反りが合わぬと見せ掛け、裏では密命を帯びて動いているのかもしれない。

いずれにしろ、左京之介が何処で何をしているのかだ。

「よし、左京之介、何処で何をしているのか突き止めるのだ」

黒木は、配下の風魔忍びに命じた。

「心得ました」

配下の風魔忍びは消えた。

「左京之介か……」

黒木は、左京之介が不気味に感じずにはいられなかった。


聖林寺は、老住職の浄雲の朝の御勤めも終わり、静けさに包まれていた。

本堂裏の古い小さな家作では、おゆいと和千代が静かな時を過ごしていた。

「そうですか、和千代さま、静かにお過ごしになっておられますか……」

京之介は微笑んだ。

「はい。応快と黒木に煽られて燃え上がった御落胤としての野心《やしん》も漸《ようや》く冷め、亡き母上の願いを思い直しているようにございます」

おゆいは、安堵の笑みを浮かべた。

「それは良かった。おゆいさんも一安心だな」

「はい。何事も京之介さまのお陰にございます。これで、私も亡き姉に顔向けが出来ます」

おゆいは、京之介に頭を下げた。

「いや。私のお陰と云うより、和千代さまが賢いからですよ」

京之介は、和千代を誉めた。

「畏れいります」

おゆいは、和千代の叔母として嬉しげに微笑んだ。

「それにしても、和千代さまが汐崎藩の世継ぎであれば、我ら家臣も行く末に望みを持ち、働き甲斐があるのですがね」

「京之介さま……」

おゆいは、京之介を咎《とが》めるように見詰めた。

「冗談ですよ、おゆいさん……」

京之介は苦笑した。

和千代は、座敷で書見《しょけん》に励んでいた。

「精が出ますね」

庭先に京之介がやって来た。

「やあ。京之介さん……」

和千代は、本を閉じた。

「書見ですか……」

京之介は、座敷の縁側に腰掛けた。

「浄雲さまにお借りした『雨月《うげつ》物語』という読本《よみほん》です」

「ほう。上田秋成《うえだあきなり》ですか……」

「はい。人の業《ごう》とは恐ろしくて哀れなものですね」

和千代は、哀しげに眉をひそめた。

「和千代さま……」

京之介は、和千代の人に対する優しさと謙虚さを見た。

「処で京之介さん、怪我は如何ですか……」

和千代は、京之介の肋骨を心配した。

「痛みはかなり薄れました。ま、時が治してくれるでしょう」

京之介は、薄い板を当てて晒しを固く巻いた脇腹を押さえて見せた。

「強いな京之介さんは……」

和千代は微笑んだ。

汐崎藩の世継ぎ……。

京之介は、おゆいに云った冗談を思い出していた。

風が吹き抜け、木々の梢《こずえ》が騒《ざわ》めいた。

四

京之介は、来国俊の小太刀を抜き、細身の刀身を見詰めた。

細身の刀身は、気品《きひん》に溢れ爽やかな輝きを放っていた。

汐崎藩は宗憲を隠居させ、御落胤の和千代を藩主にした方が良い……。

それが、汐崎藩堀田家と家臣を始めとした家中にとって一番良い事なのだ。だが、

既に和千代の御落胤としての熱は冷めており、おゆいの願わぬ事なのだ。

来国俊の細身の刀身は、爽やかに輝き続けていた。

京之介は、眩しさを覚えた。

未練だ……。

京之介は、淋しげな笑みを浮かべた。

「来国俊の小太刀か……」

楓は、不意に庭先から現われた。

「うむ……」

京之介は、楓を一瞥して頷いた。

「見事なものだな……」

楓は、爽やかな輝きを放っている来国俊の小太刀の細身の刀身をうっとりと見詰めた。

刻《とき》が過ぎた。

「もう、良いか……」

京之介は、来国俊の小太刀に見惚れている楓に笑い掛けた。

「う、うん……」

楓は、我に返って頷いた。

京之介は、来国俊の小太刀の手入れを終えて鞘に納めた。

「して、大目付の土屋主水正に探りを入れたか……」

「土屋の屋敷に忍び込んだら、応快が来ていましたよ」

「応快が……」

京之介は眉をひそめた。

「ああ。どうやら御落胤騒ぎ、応快と黒木が土屋主水正を後ろ盾にして描いた絵図のようだ」

「そうか……」

応快と黒木の背後には、やはり大目付の土屋主水正が潜んでいた。

京之介は知った。

「汐崎藩を乗っ取れれば重畳《ちょうじょう》。乗っ取りが叶わねば売り飛ばすそうだ」

「何を売り飛ばすのだ」

「和千代さまの御命と来国俊の小太刀……」

楓は、怒りを滲ませた。

「何……」

京之介は、戸惑いを浮かべた。

「まるで物扱いだ」

楓は吐き棄てた。

「楓、仔細《しさい》を話してみろ……」

京之介は眉をひそめた。

楓は、応快と大目付の土屋主水正の遣り取りを詳しく伝えた。

「それで応快と土屋、汐崎藩の家中の者が和千代さまを連れ去り、来国俊の小太刀を奪ったと読んでいるのか……」

「ああ。金を目当ての所業とな……」

「蟹《かに》は甲羅《こうら》に似せて穴を掘るの譬《たと》え通り、奴らが己の寸法で他人を計るとそうなるのだろうな」

京之介は睨んだ。

「そして、土屋が汐崎藩家中に探りを入れてみるそうだ」

「おそらく江戸留守居役の村山仁兵衛に調べさせるのだろう」

「さすれば、おぬしが姿を消している事が眼を引く……」

楓は、京之介に厳しい眼を向けた。

「うむ……」

京之介は、楓の睨みに頷いた。

「どうする……」

楓は、京之介の出方を窺った。

「先手を打つしかあるまい……」

京之介は、不敵な笑みを浮かべた。


汐崎藩江戸上屋敷は、御落胤の和千代が現われてから落ち着きを失っていた。

佐助は、上屋敷と留守居役の村山仁兵衛の様子を窺っていた。

村山は、留守居役として訪れる客の相手をし、諸藩との会合に忙しく出歩いていた。

訪れる客の中には、水戸藩の者や大目付土屋主水正の家来もいた。

佐助は、小者としての仕事をこなしながら村山の動きを出来るだけ見張った。そして、小者としての仕事を終え、侍長屋の家に戻った。

侍長屋の家の框には、楓の葉が一枚置いてあった。

楓からの繋ぎ……。
佐助は、楓の葉の裏を見た。
楓の葉の裏には、『溜池』と書かれていた。
溜池に来い……。
汐崎藩江戸上屋敷から溜池は近い。
佐助は、汐崎藩江戸上屋敷を出た。

何か動きがあったのか……。
佐助は、大名小路から田村小路に抜け、葵《あおい》坂から溜池に急いだ。
溜池の周囲には桐畑《きりばたけ》が続き、馬場があった。
佐助は、溜池の馬場に入った。

溜池の馬場に人影はなかった。
佐助は、戸惑いながら馬場の奥に進んだ。
男の怒声が背後からあがった。

佐助は振り返った。

楓が、若い武士を俯《うつぶ》せに倒し、膝でその背を押さえ付けて腕を捻りあげていた。

楓……。

佐助は、楓と若い武士に駆け寄った。

「見張りだ……」

楓は、苦しげに呻いている若い武士を示した。

佐助は、楓が自分を見張る者を誘《おび》き出したのに気付いた。

若い武士は、留守居役村山仁兵衛配下の者だった。

「村山さまの言い付けで、あっしを尾行ましたか……」

佐助は、嘲りを浮かべた。

「し、知らぬ……」

若い武士は惚けた。

楓が、若い武士の喉元に苦無《くない》を押し当てた。

若い武士は、喉を引き攣らせて必死に逃れようとした。

「動くな……」

楓は、喉に押し当てた苦無を僅かに引いた。

血が滲んだ。

若い武士は、恐怖に震えた。

「正直に云わねば、喉を掻き斬る……」

楓は、押し殺した声で脅した。

「そうだ。村山さまの御指図で尾行た」

若い武士は、恐怖に声を引き攣らせた。

「何の為だ」

「左さまが、何処で何をしているか突き止める為だ」

「無駄な事だな」

楓は苦笑した。

「我らに捕えられ、吐かされたのを村山に知られたくなければ、日本橋の人混みで撒かれたとでも云うのだな」

楓は告げ、若い武士の首筋に手刀を鋭く叩き込んだ。

若い武士は呻き、気を失った。

「楓さん……」

佐助は、楓に事の次第を尋ねようとした。

楓は、目顔《めがお》で佐助を制して一方に十字手裏剣を放った。

二人の職人が、十字手裏剣の飛来した先から現われた。

「風魔の忍びか……」

楓は見定めた。

「何処のくノ一だ」

二人の職人は身構えた。

「さあな……」

楓は笑った。

刹那、二人の職人は、宙に跳んで八方手裏剣を楓と佐助に放った。

楓と佐助は、素早く身を翻して八方手裏剣を躱した。

二人の職人は、着地して忍び刀を抜いた。

「左京之介は何処にいる」

二人の職人は、楓と佐助に迫った。

「此処にいるが、何用だ……」

京之介が、二人の職人の背後に現われた。

二人の職人は、思わず怯んだ。

楓と佐助は、その隙を突いて二人の職人から素早く離れた。

京之介は、楓と共に汐崎藩江戸上屋敷の様子を秘かに窺った。そして、村山仁兵衛の配下と風魔の忍びの者が、佐助を見張っているのに気が付いた。

始末する……。

京之介は決め、楓と手筈を整えた。

「おのれ……」

二人の職人は、佐助を餌に誘き出されたのに気付いた。

「万一、生きながらえたら、黒木兵部に風魔は江戸に似合わぬと告げるが良い」

京之介は冷笑した。

次の瞬間、二人の職人は地を蹴って京之介に斬り掛かった。

南無阿弥陀仏……。

京之介は、僅かに腰を沈めて霞左文字を抜き放ち、煌めかせた。

二人の職人は、首の血脈を断ち斬られ、血を振り撒いて倒れた。

京之介は、残心《ざんしん》の構えを取った。

楓は、二人の職人が死んでいるのを確かめて頷いて見せた。

京之介は、残心の構えを解き、霞左文字に拭いを掛けた。

「京之介さま……」

佐助は、京之介に駆け寄った。

「うむ……」

「お怪我は……」

「見ての通りだ」

京之介は微笑んだ。

「はい……」

佐助は、嬉しげに頷いた。

「ならば楓、手筈通りに頼む」

「心得た」

楓は、小走りに馬場から出て行った。

京之介は、楓を追う者を捜した。だが、楓を追う者はいなかった。

京之介は見定めた。

「佐助、二人の死体を溜池に沈める」

「はい……」

京之介と佐助は、二人の職人の死体に石を抱かせて溜池に沈めた。

二人の職人の死体は、泡を浮かべながら溜池の澱《よど》みの底に消えた。

「行くぞ……」

京之介は、馬場の出入口に向かった。

佐助が続いた。

溜池の馬場には、気を失っている若い武士が一人残された。


京之介は、佐助を伴って汐崎藩江戸上屋敷に戻った。

大目付の土屋主水正と応快や黒木は、京之介に眼を付けた。

眼を付けられたなら、逃げ隠れするより誘き寄せて斬る……。

京之介は、己を餌にする覚悟を決めて侍長屋の家に戻った。

侍長屋に戻った京之介は、宗憲に目通りを願った。

宗憲は、待ち兼ねていたかのように京之介を座敷に呼んだ。

「左、来国俊の小太刀、如何致した」

宗憲は、京之介の挨拶が終わるのを待たずに尋ねた。

「既に応快の許から奪われておりました」

「奪われていた」

宗憲は、素《す》っ頓狂《とんきよう》な声をあげた。

「はい……」

「誰だ、盗んだのは誰なのだ」

宗憲は苛立った。

「分かりませぬ」

「分からない……」

「はい。それで今迄、盗んだ者を捜したのですが、なかなか……」

京之介は、言葉を濁した。

「おのれ、何者の仕業だ……」

宗憲は、怒りを浮かべた。

「御落胤の和千代さまを目障りな邪魔者としているのは水戸藩。殿の御落胤の証である来国俊の小太刀さえ奪えば、和千代さまは只の小坊主……」

「ならば左、来国俊の小太刀、応快から奪ったのは水戸藩の者だと申すか……」

「かもしれませぬ……」

京之介は、宗憲を見詰めて頷いた。

「水戸藩か……」

宗憲は困惑した。

「はい。引き続き探ってみます」

京之介は、宗憲の出方を窺った。

「左、探るのは良いが、相手は水戸藩だ。くれぐれも汐崎藩の者だと気付かれぬようにな」

宗憲は、微かな怯えを過ぎらせた。

「はっ……」

京之介は平伏した。

主に偽りを告げる不忠者……。

京之介は、秘かに己を嘲笑った。


京之介は、宗憲の許を退出して御刀蔵に向かった。

御刀蔵は、汐崎藩や堀田家に伝わる刀が保管されており、表御殿の廊下の奥にある土蔵造りの建物だった。

御刀蔵に満ちている冷気と刀の匂いは、京之介を落ち着かせた。

京之介は、御刀蔵の用部屋に入り、保管されている刀の手入れを始めた。

御落胤の和千代の敵は、水戸徳川家の者たちだけではなく、応快と黒木、実の父親の宗憲、周囲にいる殆《ほとん》どの者がそうなのだ。

哀れなものだ……。

京之介は、和千代を哀れむと共に宗憲に怒りを覚えずにはいられなかった。

不忠者になるのも面白い……。

京之介は、浄雲の言葉を思い出しながら刀の手入れを続けた。

「左さま……」

御刀番見習《みならい》の佐川真一郎《さがわしんいちろう》は、用部屋の敷居際から京之介に呼び掛けた。

「何だ……」

「御留守居役の村山仁兵衛さまがお呼びにございます」

真一郎は告げた。

「ほう。村山さまがな……」

京之介は苦笑した。

「はい」

「御刀の手入れが終わり次第、お伺い致すとお伝え致せ」

「心得ました」

真一郎は立ち去った。

さあて、何の用なのか……。

京之介は、笑みを浮かべながら刀の手入れを続けた。

坪庭に面した白い障子は、差し込む光を柔らかく輝かせていた。

留守居役の村山仁兵衛は、険しい眼差しで京之介を見詰めた。

「お呼びだそうにございますが、何か……」

京之介は見返した。

「左、その方、此処暫く屋敷に戻っていなかったようだが、何処で何をしていたのだ」

村山は、咎めるように眉をひそめた。

「それは申せませぬ」

京之介は笑みを浮かべた。

「申せぬだと……」

村山は、怒りを滲ませた。

「如何にも……」

「おのれ。何故だ」

「何事も殿の密命にございます故……」

京之介は、村山を鋭く見据えた。

「殿の密命」

村山は戸惑った。

「左様……」

「そうか、殿がその方に密命をな」

村山は、困惑を過ぎらせた。

「それ故、如何に御留守居役の村山さまであろうが、申す訳には参りませぬ」

京之介は、村山を探るように見据えて薄笑いを投げ掛けた。

村山は、僅かに狼狽えた。

「左、おぬしが殿の密命で動いているのは良く分かった。だが、儂も汐崎藩江戸留守居役、役目柄諸藩の方々と逢う。その時……」

「村山さま……」

京之介は、村山の言葉を遮った。

「な、なんだ……」

「我が家中には、藩の動きを敵に内通している者がいるとか……」

京之介は、不意を衝いた。

「内通している者……」

村山は、思わず喉を引き攣らせた。

「左様、お心当たり、ありませんかな」

「ない。内通している者などに心当たり、ある筈がない」

村山は語気を荒らげた。

「そうですか……」

京之介は、村山を冷たく見据えた。

「左、もし内通者が分かればどう致す」

「容赦なく、その首を斬り飛ばす迄……」

京之介は、不敵に笑った。

第四章　密謀図

一

餌は撒いた……。

京之介は、己が宗憲の密命で動いている事と家中に内通者がいるのを、村山仁兵衛に告げた。村山は大目付の土屋主水正に報せ、応快や黒木に伝わる。そして、水戸藩の望月蔵人にも秘かに報せる筈だ。

京之介が宗憲から受けた密命とは何か……。

望月と応快や黒木は、宗憲が京之介に下した密命が何かを思案し、和千代を連れ去って匿う事だと睨む筈だ。

応快と黒木たち風魔忍びと水戸藩の望月蔵人……。

二つの組織の者たちは対立しているのにも拘わらず、御落胤の和千代の居場所を突き止めようと刃を京之介に向けてくる筈だ。

京之介は睨んだ。

そうした者共を始末し、和千代を平穏な暮らしに戻す……。

京之介は、己の身を餌にして食い付いて来る者を待ち構えた。


やはり、御刀番の左京之介だ……。

応快と黒木は、京之介が宗憲の密命を受けて動いているのを知った。そして、京之介が御落胤の和千代を連れ去り、匿っていると睨んだ。

御刀番左京之介……。

応快と黒木は、配下の風魔忍びに京之介を捕えるように命じた。


「宗憲さまが密命を下したとな……」

水戸藩江戸家老の本田修理《ほんだしゅり》は、太い眉をひそめた。

「はい。御刀番の左京之介と申す者に……」

望月蔵人は告げた。

「して、その密命とは……」

本田は、望月に話を促した。

「分かりませぬが、汐崎藩江戸留守居役の村山仁兵衛によれば、御落胤の和千代さまを匿う事ではないかと……」

「村山仁兵衛か……」

本田は苦笑した。

「はい」

「望月、村山が大目付の土屋主水正にも通じているのは知っているな」

「はい。村山仁兵衛、水戸藩と大目付の土屋のどちらが汐崎藩を支配する事になっても生きながらえる小細工をしているものと……」

望月は嘲笑《あざわら》った。

「小賢《こざか》しい真似をしおって……」

本田は吐き棄てた。

「そろそろ使い棄てにする時かもしれません」

望月は、冷たく云い放った。

「望月、村山仁兵衛、使い棄てにする前にもう一働きして貰う……」

「もう一働き……」

望月は戸惑った。

「うむ……」

「どのような……」

望月は、本田に怪訝な眼を向けた。

「宗憲さまに隠居して戴く」

本田は云い放った。

「隠居……」

望月は眉をひそめた。

「左様。宗憲さまに身を退いて戴く」

「では……」

「嫡子千代丸さまを藩主の座に据え、我が水戸藩が後見致す」

「成る程。して、宗憲さまの隠居、村山仁兵衛に働いて貰いますか……」

「左様……」

本田は頷いた。

「しかし、大目付の土屋主水正、黙っておりますかな」

「望月、土屋にとって大切なのは汐崎藩ではない。己の公儀での立場と金よ」

本田は、事も無げに云い放った。

「話は幾らでもつきますか……」

「うむ。土屋主水正、無駄に歳は取っておらぬと、秘かに申して来ている……」

「土屋が本田さまに……」

望月は驚いた。

「望月、何事にも裏と表があるものだ」

本田は笑った。

望月たち家来は、応快や黒木たち風魔忍びと殺し合いを繰り広げてきた。だが、江戸家老の本田修理は、殺し合いの裏で大目付の土屋主水正と秘かに気脈を通じていた。

和千代御落胤の一件は、本田修理や土屋主水正にとって利用すべき出来事でしかないのだ。そして、事を一挙に御落胤騒ぎから宗憲隠居に運ぼうとしている。宗憲を隠居させ、水戸徳川家を後見にして六歳の千代丸を藩主の座に据える。そうなれば、和千代の御落胤騒ぎなど、煙のように消え去ってしまうのだ。

望月は、本田修理と土屋主水正の老練な狡猾さと恐ろしさを思い知った。


汐崎藩御刀番左京之介は、反りの合わない筈の宗憲の密命を受けて動いていた。宗憲の密命は、おそらく御落胤の和千代を匿う事なのだ。

応快と黒木は、大目付の土屋主水正から報された。

「左の小者を見張っていた二人が消えたのは、おそらく左の仕業だな」

応快は睨んだ。

「うむ。おのれ左京之介……」

黒木は、怒りを滲ませた。

「黒木、最早《もはや》猶予はならぬ。一刻も早く左を捕え、何としてでも和千代の居場所を吐かせるのだ」

「心得た」

黒木は、険しい面持ちで頷いた。

坪庭に面した障子は、差し込む夕陽に赤く染まった。

京之介は、手入れを終えた刀を鞘に納めて御刀蔵に戻した。そして、御刀蔵の格子戸を閉めて錠前を掛けた。

「真一郎、後を頼む」

「はい……」

京之介は、御刀番見習の佐川真一郎に後片付けと戸締まりを頼み、御刀蔵を出て侍長屋に戻った。


侍長屋の家々は、夕陽に照らされていた。

京之介は、己の家に向かった。

何者かが見ている……。

京之介は、己を見詰める視線を感じた。

風魔忍び……。

京之介は、侍長屋の家に入った。

「お帰りなさいませ」

佐助は、夕餉の仕度をして待っていた。

「佐助、変わった事はないか……」

京之介は、羽織と袴を脱ぎながら外を示した。

「やはり……」

佐助は眉をひそめた。

「うむ……」

京之介は頷いた。

「如何致しますか……」

佐助は、京之介の出方を窺った。

「仕度は……」

「昼間の内に……」

佐助は頷いた。

「よし、夕餉を済ませて出掛ける」

京之介は、不敵な笑みを浮かべて夕餉の膳に向かった。

「心得ました」

佐助は、緊張した面持ちで頷いた。


京之介は、佐助に見送られて汐崎藩江戸上屋敷を出た。

「お気を付けて……」

「うむ……」

京之介は、大名小路を幸橋御門に向かった。

大名小路は夕暮れの青黒さに包まれ、行き交う人も途絶えていた。

京之介は、陸奥国一関《いちのせき》藩江戸上屋敷の門前を通り、田村小路に曲がった。

何者かの視線が消える事はなかった。

京之介は、追って来る視線の主が一人や二人ではないのを感じた。

どうやら、風魔忍びと決着をつける時が訪れたようだ……。

京之介は覚悟を決め、田村小路から藪《やぶ》小路に進み、肥前《ひぜん》国佐賀《さが》藩江戸中屋敷脇の葵坂から溜池の畔に出た。


溜池は月明かりに輝き、畔の草むらからは虫の音が溢れていた。

京之介は、草むらを進んで立ち止まった。

「この辺で良かろう……」

京之介は、周囲の闇に呼び掛けた。

追って来た者の視線が消え、殺気が湧き立ち、虫の音が消えた。

京之介は、殺気の湧いた闇を見廻した。

風魔の忍びの者たちが現われた。

京之介は身構えた。

「左京之介、和千代さまは何処にいる」

一人の風魔忍びの者が進み出て、京之介と対峙した。

「黒木兵部か……」

京之介は、進み出た風魔忍びの者の正体を見抜いた。

「和千代さまの居場所、教えて貰おう」

黒木兵部は、覆面を脱ぎ棄てた。

「そうは参らぬ」

京之介は笑った。

「ならば容赦はせぬ……」

黒木は、背後に大きく跳んだ。

同時に配下の風魔忍びの者たちが、地を蹴って夜空に高々と舞い、京之介に八方手裏剣を放った。

京之介は、草むらから縦横二尺厚さ一寸程の握り手の付いた板を出し、頭上に翳《かざ》した。

風魔忍びの者が放った八方手裏剣は、京之介の翳した板に次々と突き刺さった。

板は、京之介が秘かに佐助に用意させておいた盾だった。

京之介は、連射される八方手裏剣を盾で防いだ。

盾は多くの八方手裏剣を受け、僅かなひび割れが入った。

黒木が進み出て、京之介に一尺強の大苦無《おおくない》を放った。

大苦無は、唸りをあげて京之介に向かって飛んだ。
京之介は、咄嗟に盾を両手で持って大苦無を受けた。
大苦無は音を立てて盾に突き刺さり、僅かに出来ていたひびを広げて二つに割った。
京之介は、割れた盾を棄てた。
風魔忍びの者たちは、京之介を取り囲んで乳切木《ちぎりき》の鎖付きの分銅を廻した。
乳切木とは、長さ四尺、太さ一寸程の棒の先に分銅が鎖で付けられた武器だ。
風魔忍びの者たちは、乳切木の分銅を廻しながら京之介の包囲を狭《せば》めた。
京之介は、霞左文字の鯉口《こいぐち》を切った。
廻される乳切木の分銅は唸りをあげて闇を切り、前後左右から京之介に迫った。
京之介は、抜き打ちの構えを取った。
刹那、風魔忍びの者たちは、乳切木の分銅を京之介に放った。
分銅は唸りをあげ、前後左右から京之介に襲い掛かった。
京之介は、転がって分銅を掻い潜り、抜き打ちの一刀を放った。
乳切木を握り締めていた風魔忍びの者の一人が、下腹を斬られて倒れた。

京之介は、風魔忍びの者たちの背後に抜け、素早く反転して鋭く斬り掛かった。
慌てて振り向いた風魔忍びの者が、袈裟懸けに斬られて大きく仰け反った。
風魔忍びの者たちは、忍び刀を抜いて京之介に殺到した。
京之介は、霞左文字を縦横に閃かせた。
霞左文字は、閃光となって風魔忍びの者たちに瞬いた。
風魔忍びの者たちは、人数を減らしながらも京之介に斬り掛かった。
京之介は、全身に浅手を負いながらも左霞流の腕の冴えを見せた。
闇が渦巻き、草が千切《ちぎ》れ、血が飛び散った。
風魔忍びの者たちは次々に斃《たお》れ、僅かな人数が残った。
指笛が短く鳴った。
僅かに残った風魔忍びの者たちは、夜の闇の中に消えた。
京之介は霞左文字を握り締め、溜池を背にして周囲の闇を窺った。
虫の音は消えたままだ。
京之介は、油断なく闇を見据えた。
霞左文字の鋒《きつさき》から血が滴り落ちた。

刹那、背後の溜池から黒木が水飛沫をあげて飛び出し、忍び刀を翳して京之介に襲い掛かった。

京之介は、振り返りもせずに霞左文字で背後を廻し斬りにした。

黒木は、下腹を横薙ぎに斬られてその場に跪《ひざまず》いた。

京之介は振り返った。

黒木は、下腹から血を流しながら必死に立ち上がろうとした。

「黒木兵部……」

京之介は、黒木を見下ろした。

「お、おのれ、左京之介……」

黒木は、苦しげに顔を歪めて吐き棄てた。

「これ迄だ」

京之介は、霞左文字に拭いを掛けて鞘に納め、立ち去ろうとした。

「ま、待て、左……」

黒木は、嗄れた声で京之介を呼び止めた。

京之介は振り返った。

「か、和千代は何処にいる。冥土《めいど》の土産に聞かせてくれ」

黒木は、喉を引き攣らせながら京之介に這い寄った。

「和千代さまは三田の寺だ」

「三田の寺。何と云う寺だ……」

黒木は、尚も京之介に近寄った。

「黒木、それは云えぬ……」

「ひ、左……」

黒木は、京之介に縋《すが》り付こうとした。

京之介は、大きく跳び退いた。

次の瞬間、黒木の身体から火が噴き出して爆発した。

京之介は、咄嗟に伏せた。

僅かな時が過ぎた。

爆発の煙は治まり、黒木兵部の姿は跡形もなく消えていた。

黒木兵部は、己の身に仕込んでいた火薬を爆発させて京之介を道連れにしようとしたのだ。

虫の音が湧いた。

黒木兵部は滅び去り、風魔忍びの襲撃は終わった。

京之介は、小さな吐息を洩らした。

男たちの声がした。

龕燈を手にした武士たちが、佐賀藩江戸中屋敷から出て来ていた。

長居は無用……。

京之介は、溜池の畔から静かに立ち去った。

溜池の水面に泡が浮き、水中から応快が顔を出した。

三田の寺……。

応快は、黒木が京之介から聞き出した事を胸に刻み、大きく息を吸い込んで溜池に潜った。

揺れる水面は、月明かりに煌めいた。

黒木兵部を始めとした風魔忍びの殆どの者は斃れた。

京之介は、汐崎藩江戸上屋敷に風魔忍びの気配を捜した。

屋敷内に風魔忍びが忍んでいる気配はなく、京之介を見詰める視線もなかった。

だが、斃れた風魔忍びの中に、久能山東照宮別当寺別当代の応快はいなかった。

応快はどうした……。

京之介は、上野東照宮の別当寺に向かった。

愛宕下大名小路から上野東照宮に来る迄の間、尾行て来る者はいなかった。

上野東照宮の別当寺は静寂に包まれ、応快は既に消えていた。

応快の消息が分からない限り、油断はならない……。

京之介は、東叡山寛永寺の正門である黒門の前に佇み、下谷広小路を行き交う人を眺めた。


汐崎藩江戸上屋敷には、いつもと変わらぬ時が流れていた。

「して左、来国俊の小太刀を奪い取った者、何者か突き止めたのか……」

宗憲は、苛立たしげに京之介を睨んだ。

「応快たちも姿を消し、未だ以《もっ》て……」

京之介は、首を捻ってみせた。

「水戸の者なのに違いないのだな……」

宗憲は声を潜めた。

「おそらく。ですが、相手は水戸徳川家。下手な探りは我が藩の命取り……」

京之介は、それとなく宗憲を脅した。

「うむ。くれぐれも慎重にな」

宗憲は、水戸徳川家に怯えていた。

「はっ……」

京之介は、浮かぶ苦笑を平伏して隠し、御座之間を退出した。

二

京之介は、御座之間を出て御刀蔵に向かった。

江戸留守居役村山仁兵衛が、近習に誘われてやって来た。

京之介は、廊下の脇に寄って僅かに頭を下げた。

村山は、緊張した面持ちで京之介を一瞥して御座之間に向かって行った。

京之介は、思わず振り返って見送った。

村山の緊張した顔には、微かな怯えが滲んでいた。

何かあった……。

京之介の勘が囁いた。

村山仁兵衛は、大目付の土屋主水正と水戸藩の両方に通じている。

微かな怯えは、そのどちらかに絡んでいるのかもしれない。

京之介は、村山仁兵衛の微かな怯えが気になった。


三縁山増上寺の鐘が亥《い》の刻四つ（午後十時）を告げた。

京之介の家の腰高障子は、急《せ》いた様子で小さく叩かれた。

「どちらさまですか……」

佐助は、三和土《たたき》に下りて尋ねた。

「御小姓組《おこしょうぐみ》の片岡純之助《かたおかじゅんのすけ》です」

腰高障子を叩いた者は、声を潜めて告げた。

「御小姓組の片岡さま……」

佐助は戸惑った。

「開けてやれ」

京之介は命じた。

「はい」

佐助は、心張棒《しんばりぼう》を外して腰高障子を開けた。

御小姓組の片岡が、若々しい顔に不安を浮かべて入って来た。

「どうした」

京之介は眉をひそめた。

「はい。梶原さまがお呼びです」

片岡は、微かに声を震わせた。

「梶原さまが……」

京之介は戸惑った。

「はい」

御小姓組の者が、江戸家老の使いを勤める事は滅多にない。

異変……。

京之介は、宗憲の身に異変が起きたと睨んだ。

京之介は、宗憲の寝所近くの座敷に誘われた。

「御刀番左京之介さま、お見えになられました」

御小姓組片岡純之助は、障子越しに座敷の中に告げた。

「うむ。入るが良い」

江戸家老梶原頼母の声がした。

「御無礼仕《つかまつ》る」

京之介は、座敷に入った。

座敷には、江戸家老梶原頼母と江戸留守居役村山仁兵衛、そして藩医の宗方道斎が沈痛な面持ちでいた。

藩医の宗方道斎がいる……。

宗憲の身に異変が起きたのは間違いない。

京之介は、己の睨みが正しいのを知った。

「ならば梶原どの、拙者はこれで……」

村山仁兵衛は、京之介を一瞥して立ち上がった。

「うむ。御公儀への手配り、くれぐれも落ち度なきよう頼む」

「心得た」

村山は、緊張した面持ちで頷き、慌ただしく座敷から出て行った。

「左……」

梶原は、京之介に向き直った。

「梶原さま、殿の身に何か……」

京之介は、道斎に会釈をして梶原に尋ねた。

「うむ。左、殿がお倒れになられた」

梶原は、沈痛な面持ちで京之介に告げた。

「殿が倒れた……」

京之介は眉をひそめた。

「うむ。寝酒を嗜《たしな》まれ、御寝所に入られた途端に……」

「お倒れになられたのですか……」

「左様……」

梶原は頷いた。

「して、御容体《ごようだい》は……」

京之介は、藩医の宗方道斎に尋ねた。

「今は落ち着かれていられる」

「病は……」

「卒中《そっちゅう》か心《しん》の臓《ぞう》の病か、未だ何とも申せぬ……」

道斎は眉を歪めた。

「そうですか……」

卒中ならばこのまま死ぬか、助かっても寝たきりになる……。

いずれにしろ、卒中や心の臓の病になって無事に済む筈はないのだ。

京之介は、宗憲の身に起こった急な変転を哀れまずにはいられなかった。

「では、私は殿の許に……」

道斎は、宗憲の寝間に向かった。

梶原は道斎を見送り、京之介に膝を進めた。

「して左、御落胤の和千代さま、如何されている」

「何者かに連れ去られたままにございます」

「そうか……」

「和千代さまが何か……」

「左、お命を取り留められたとしても殿は重い病の身。おそらく御隠居されて養生される事になるであろう」

「はい……」

「それで、お世継ぎだ……」

「お世継ぎは、千代丸さまでは……」

「左、千代丸君は未だ六歳の幼子。村山どのが御公儀御重職の方々に秘かに根廻しを始めるが、果たして上手く行くか……」

「それで和千代さまですか……」

「左様。和千代さまは殿もお認めになられた御落胤。それに……」

梶原は眉をひそめた。

「それに……」

京之介は、話の先を促した。

「千代丸君が堀田家をお継ぎになれば、水戸徳川家の者が後ろ盾として、この汐崎藩に乗り込んでくるは必定《ひつじょう》……」

梶原は、暗い眼で告げた。

「水戸家の者が乗り込んでくる……」

京之介は、梶原の心配に気付いた。

「左、それで良いのか……」

千代丸が堀田家の跡目《あとめ》を継ぎ、汐崎藩の藩主になれば、何もかもが水戸徳川家の思うがままになるのだ。

梶原はそれを恐れていた。だからといって和千代を跡目に据えれば、水戸徳川家は決して黙ってはいない。

和千代をそうした争いに巻き込むのは、亡き母おまゆや叔母のおゆいの願いを絶つ事になり、京之介の本意ではないのだ。

「左……」

梶原は、同意を求めるように京之介を見詰めた。

「梶原さま、それは殿の御容体を見定めてからにございます」

京之介は、梶原に会釈をした。

「ひ、左……」

「では……」

京之介は、座敷を後にした。


宗憲は、薄暗い寝所で眠っていた。

藩医の宗方道斎は、宗憲の枕元に座って容体を見守っていた。

「道斎さま……」

「左どのか……」

「はい……」

「入られよ」

京之介は、寝所に入って眠っている宗憲を窺った。

宗憲は、微かな寝息を立てて眠っていた。

「道斎さま、殿はまこと病で倒れられたのですか……」

京之介は、秘かに抱いていた疑念を道斎に問い質した。

「左どの……」

道斎は、緊張を過ぎらせた。

「道斎さま、どうか本当の事をお教え戴きたい」

「左どの、聞く処によれば、殿は確かに卒中と思われる症状を見せて倒れられた。しかし、私にも腑《ふ》に落ちぬ処があるのだ」

「腑に落ちぬ処……」

京之介は眉をひそめた。

「左様。卒中で倒れた直後、多くの者は鼾《いびき》を掻くのだが……」

「殿はお掻きにならなかったのですか……」

「左様。私が駆け付ける前も後もな。それに今迄、心の臓がおかしな事は一度としてなかった」

道斎は眉をひそめた。

「道斎さま、もし殿が卒中や心の臓で倒れられたのではないなら、何故に倒れられたのでしょう」

「左どの、殿は秘かに毒を盛られたやもしれぬ……」

道斎は声を潜めた。

「毒……」

「うむ……」

道斎は、厳しい面持ちで頷いた。

宗憲は毒を盛られたのかもしれない……。

京之介は、道斎の秘かな見立てを知った。

もし、道斎の見立てが正しければ、何者が宗憲に毒を盛ったのか……。

京之介は想いを巡らせた。

宗憲が死んで利を得るのは誰か……。

それは堀田家の家督を継ぎ、汐崎藩藩主の座に就く千代丸だ。しかし、実利を得る者は、未だ六歳で幼い千代丸である筈はなく、その身近にいる者なのだ。

千代丸の身近にいる者は、母親である宗憲正室のお香の方であり、その実家が水戸徳川家なのだ。

もし、宗憲に毒を盛るのを企てたのが水戸徳川家なら、実行したのは内通している村山仁兵衛なのかもしれない。

京之介は、宗憲の許から退出した時に出逢った村山を思い浮かべた。

村山は緊張し、怯えを滲ませていた。

村山仁兵衛……。

京之介の前に、村山仁兵衛が大きく浮かびあがった。


宗憲は、意識を取り戻す事もなく眠り続けた。

藩医の宗方道斎と江戸家老の梶原頼母は宗憲に付き添い、江戸留守居役の村山仁兵衛は忙しく出歩いていた。

京之介は、村山仁兵衛の身辺を探り始めた。

村山仁兵衛は、老中を勤める大名家の江戸留守居役と逢ったり、土屋主水正を始めとした五人の大目付を訪ねたりしていた。それは、病で倒れた宗憲の隠居と嫡子千代丸の家督相続の許しを得る為の根廻しに他ならなかった。そして、村山は水戸徳川家の者とは一度も逢わなかった。

逢わないのは、水戸徳川家の指示で動いており、根廻しの必要がないからだ。

京之介は読んだ。

村山仁兵衛は、不忍池の畔の料理屋を訪れた。

誰と逢うのか……。

京之介は、村山の入った料理屋が『初川』だと気が付いた。

不忍池の畔の料理屋『初川』は、おゆいが逗留していた店であり、京之介も一度訪れていた。

京之介は、料理屋『初川』の暖簾を潜った。

料理屋『初川』の女将のおきちは、京之介を覚えていた。

京之介は、おきちに事情を話して村山が何処の誰と逢っているか尋ねた。

「水戸藩の望月蔵人さまと仰る方とお逢いになっていますよ」

おきちは、声を潜めた。

「水戸藩の望月蔵人……」

「ええ……」

おきちは頷いた。

「女将、二人の座敷の隣、空いているかな」

京之介は、二人がどんな話をしているのか知りたかった。

「ええ、御案内しますよ」

「頼む」

京之介は、女将のおきちに案内されて料理屋『初川』の座敷に向かった。

京之介は、女将のおきちに誘われて望月蔵人と村山仁兵衛のいる座敷の隣りに入った。

「庭に下りれば隣の座敷に……」

女将のおきちは、障子を開けて庭の左手を示した。

「すまぬ」

「じゃあ……」

おきちは、座敷から出て行った。

京之介は、庭に下りて縁の下に入り、左手の座敷の床下に進んだ。

村山と望月の声が、頭上から聞こえて来た。

「ならば、御老中や大目付たちへの根廻しは順調に進んでいるのですな」

「左様、それもこれも後ろ盾の水戸さまのお陰。御家老の本田修理さまに宜しくお伝え下さい」

「村山どのの働き、御家老も篤《とく》と御存知です。御懸念なく……」

望月の声には、微かな笑いが含まれていた。

「ありがたい……」

村山は、僅かに声を弾ませた。

「村山どの……」

望月の声に緊張が滲んだ。

気付かれた……。

京之介がそう思った時、頭上の床板から刀が突き刺された。

望月は、畳に突き刺した刀を引き抜き、障子を開けて庭に下り、縁の下を覗いた。

縁の下に人影はなかった。

望月は、続いて連なる座敷を窺った。

連なる座敷には、酒や料理を楽しむ客の姿が見えた。そして、隣の座敷は障子が閉められていた。

望月は、隣の座敷の障子を開けた。

隣の座敷に人はいなかった。

気の所為《せい》か……。

望月は戸惑った。

「望月どの……」

村山は、座敷から心配そうな顔を出した。

望月は、刀を鞘に納めて座敷に戻った。


京之介は、望月の刀を躱して隣の座敷に戻り、廊下に逃れていた。

汐崎藩乗っ取りの絵図は、水戸藩江戸家老の本田修理が描いていた。

京之介は知った。

そして、村山の働きとは、宗憲に毒を盛った事なのかもしれない。

京之介は睨んだ。

事実を見極めるには、村山を捕えて責めて吐かせるしかない。しかし、宗憲が倒れた今、汐崎藩江戸留守居役として動いている村山を捕える訳にはいかないのだ。村山仁兵衛が、宗憲に毒を盛ったかどうか吐かせるのは、汐崎藩が落ち着くのを待つしかないのだ。

見極めるのはそれからだ……。

京之介は、女将のおきちに礼を述べて料理屋『初川』を出た。


宗憲は、辛うじて命を取り留めて意識を取り戻した。しかし、取り戻した意識は混濁《こんだく》し、身体は動かせず、言葉を失っていた。

まるで卒中と同じ症状だ……。

道斎は困惑した。

毒を盛られた所為で、卒中を起こしたのかもしれない……。

道斎は、あらゆる可能性を考えて治療を続けた。

三田中寺丁の寺町には、行商人が売りの声を長閑《のどか》に響かせていた。

行商人の売りの声は、聖林寺の古い小さな家作にも届いていた。

「お父上さまが毒を盛られた……」

和千代は驚いた。

「はい。辛うじてお命は取り留められましたが、お身体とお言葉が不自由に……」

京之介は、眉をひそめて告げた。

「そうですか……」

和千代は、庭の木々を眺めた。

木々の梢《こずえ》は微風に揺れていた。

京之介は、和千代を窺った。

和千代の横顔には、哀しさと淋しさが滲んでいた。

如何に冷たい不実な男でも、和千代にはたった一人の父親に違いないのだ。

京之介は、和千代の心の内を察した。

「それで京之介さま、汐崎藩は……」

おゆいは、京之介に不安そうな眼を向けた。

「殿を御隠居させ、千代丸さまに家督を相続させようとしています」

「そうですか……」

おゆいは、安堵を浮かべた。

「して、おゆいさん、楓は……」

「それが、気になる噂があると……」

「気になる噂……」

京之介は眉をひそめた。

三

楓は、気になる噂を聞いて出掛けていた。

「どんな噂ですか……」

京之介は、おゆいに訊いた。

「それが、私は詳しく聞いてはいないのですが、数日前からこの三田に見慣れぬ雲水が現われたとか……」

「見慣れぬ雲水……」

「はい。寺町にお坊さまがおいでになるのは当たり前ですが、それだけに身許ははっきりしており、旅のお坊さまでも何処のお寺に来たのか、直ぐに分かるそうにございます。ですが、その雲水は何処の寺に来たという訳でもなく、連なる寺を覗き、窺っているとの噂だそうです」

おゆいは眉をひそめた。

「楓は、その雲水の噂が気になると云って出掛けたのですね」

「はい……」

おゆいは頷いた。

応快……。

京之介は、三田に現われた雲水が姿を消した応快かもしれないと睨んだ。

応快は、和千代が三田の寺町にいるのに気付いた。だが、何処の寺にいるか迄はわからなく、捜し始めた。

京之介は、応快の動きを読んだ。

読みは、楓も同じなのだ。そして、楓は見慣れぬ雲水が応快かどうか見定めようとしているのだ。

何故、応快は三田の寺町に和千代がいると知ったのか……。

知っているのは、自分の他に佐助と楓だけの筈だ。

京之介は読んだ。

黒木兵部……。

京之介は、溜池で死の間際の黒木に尋ねられて教えたのを思い出した。

あの時、応快は何処かに潜んで聞いていたのだ。

迂闊《うかつ》だった……。

京之介は悔やんだ。

いずれにしろ、応快は和千代に迫って来ているのだ。

京之介は、古い小さな家作を出て聖林寺の境内に佇んだ。

境内に不審な者が潜んでいる気配はない……。

京之介は見定めた。

「来ていたのか……」

楓は、京之介の背後に現われた。

「見慣れぬ雲水、見付かったか……」

京之介は尋ねた。

「聞いたか……」

「うむ。で……」

「どうやら、応快に違いないだろう」

「そうか……」

「そして、今日は寺町の何処にも姿を現わしておらぬ」

「ならば……」

京之介は眉をひそめた。

「突き止めたやもしれぬ」

楓は、厳しい眼差しで辺りを見廻した。

「うむ……」

京之介は頷いた。

応快は、和千代をどうするつもりなのだ。

未だ御落胤として担ぐのか、それとも……。

京之介は、応快の動きが不気味に思えた。

「和千代さま、他の処に移って戴くか……」

「いや。今、逃げれば、これからも逃げ続けなければならぬ。断ち斬る」

応快は生きている限り、和千代に付き纏って災いを及ぼすかもしれない。後顧の憂いを残さない為には、災いの元を絶たなければならないのだ。

京之介は、覚悟を決めて云い放った。

「分かった。で、何かあったのか……」

楓は眉をひそめた。

「殿が毒を盛られて倒れた」

「宗憲が……」

「うむ。命は取り留めたようだが、寝たきりになるのは免れぬ」

京之介は、宗憲が倒れてからの汐崎藩の動きを教えた。

「毒を盛ったのは、江戸御留守居役の村山仁兵衛か……」

楓は睨んだ。

「おそらくな。だが、殿の隠居と千代丸さまの家督相続が無事に済む迄は……」

「斬る訳には参らぬか……」

「うむ……」

京之介は、苦々しい面持ちで頷いた。


阿弥陀如来は、差し込む月光を浴びて穏やかに微笑んでいた。

京之介は、阿弥陀如来の祀られている祭壇の前に座り、霞左文字の蒼白く煌めく刀身を見詰めていた。

霞左文字は、様々な修羅場《しゅらば》を潜りながらも小さな刃毀《こぼ》れも毛筋程の傷もなかった。

流石《さすが》は左文字の名刀……。

京之介は、霞左文字の放つ蒼白い煌めきに酔った。


聖林寺の本堂の屋根は、月明かりを浴びて濡れているかのように輝いていた。

忍び装束に身を包んだ楓は、本堂の屋根に忍んで応快の現われるのを待っていた。

一刻が過ぎた。

月は雲に隠れ、夜の闇は深まった。

境内の隅の闇が僅かに揺れた。

現われた……。

楓は、僅かに揺れた闇を見詰めた。

三人の忍びの者が、揺れた闇から現われて辺りを窺った。

風魔忍び……。

楓は見定め、周囲の闇にも風魔忍びを捜した。だが、風魔忍びが潜んでいる気配はなかった。

風魔忍びの一人は応快……。

楓は睨んだ。

応快たち三人の風魔忍びは、暗い境内を本堂裏の家作に向かって走った。

楓は、十字手裏剣を放った。

三人の風魔忍びは、咄嗟に散って楓の十字手裏剣を躱した。

楓は、己の気配を露わにして本堂の屋根から飛び降りた。

二人の風魔忍びが楓に走り、残る一人は本堂の裏手に向かった。

楓は、忍び刀を抜いて斬り掛かる二人の風魔忍びを迎えた。

二人の風魔忍びは、楓に猛然と斬り掛かった。

次の瞬間、楓は地を蹴って夜空に跳んだ。

二人の風魔忍びは、追って夜空に跳ぼうとした。

刹那、楓は十字手裏剣を放った。

風魔忍びの一人は、楓の十字手裏剣を胸に受け、地面に叩き付けられた。

楓は、着地すると同時に残る風魔忍びに鋭く斬り付けた。

残る風魔忍びは、襲い掛かる楓と必死に斬り結んだ。


本堂の裏手に向かった風魔忍びは、鋭い殺気に襲われて跳び退いた。そして、身構えて殺気を放った者を捜した。

「応快か……」

京之介が、本堂の回廊に現われた。

「左……」

応快は、忍び刀を抜いた。

「和千代さまをどうするつもりだ」

「おのれの知った事か……」

応快は吐き棄てた。

「和千代さまを押さえ、汐崎藩に纏わり付いて小金を集《たか》るか……」

京之介は嘲笑した。

「黙れ……」

応快は、怒りを滲ませた。

「応快、汐崎藩を金蔓《かねづる》にしようとするお前の愚かな企て、既に破れている。早々に引き上げ、黒木兵部を始めとした死んでいった風魔忍びの供養をするのだな」

京之介は、応快を厳しく見据えた。

「おのれ……」

応快は、京之介に八方手裏剣を放った。

京之介は、回廊の欄干を蹴って夜空に大きく跳んだ。

八方手裏剣は闇を貫いた。

応快は、狼狽えながら忍び刀を抜いた。

「南無阿弥陀仏……」

京之介は、飛び降りながら霞左文字を抜き、応快に鋭く斬り下げた。

応快は、咄嗟に忍び刀を頭上に構えた。

霞左文字は煌めいた。

応快の忍び刀は、二つに折れて飛んだ。

京之介は、応快の前に着地して残心の構えを取った。

応快は折れた忍び刀の柄を握り締め、呆然とした面持ちで立ち尽くしていた。

額《ひたい》に血が湧き、応快の呆然とした顔を二つに割るように流れた。

「ひ、左……」

応快は、血に濡れた顔を悔しげに歪めて倒れた。

京之介は、残心の構えを解いて応快の死を見定めた。

応快は絶命していた。

「終わったな……」

楓が佇んでいた。

「これで、和千代さまに災いを及ぼす者は滅びた」

京之介は、霞左文字に拭いを掛けた。

「では……」

「うむ……」

京之介は頷いた。

風が吹き抜け、湧き上がる血の臭いを消し去った。


来国俊の小太刀は、細身の刀身を爽やかに輝かせた。

和千代は、爽やかな輝きを放つ来国俊の細身の刀身を見詰めた。

「来国俊の小太刀……」

京之介は、来国俊の小太刀の手入れを終えて拭いを掛けた。

「私が何者かを示す唯一の物ですか……」

「左様。時が過ぎても何処に行っても、この来国俊の小太刀を持っている限り、和千代さまは駿河国汐崎藩堀田宗憲さまとおまゆさまの御子です」

京之介は、来国俊の小太刀を鞘に納めて和千代に差し出した。

「うん……」

和千代は、来国俊の刀を受け取って握り締めた。

「では、久能山東照宮の善応さまの許にお帰りになられるが良い……」

京之介は、言い聞かすように告げた。

「はい……」

和千代は頷いた。

「京之介さま、応快や黒木兵部は……」

おゆいは、心配そうに眉をひそめた。

「応快と黒木兵部は既に滅び去り、この世にはおりません」

京之介は、斬り合いの昂《たか》ぶりを忘れたかのように淡々と告げた。

「この世にいない……」

おゆいは戸惑った。

「如何にも……」

京之介は、おゆいを見据えて頷いた。

「そうですか……」

おゆいは、京之介が応快と黒木兵部を斬り棄てたのを知った。

「善応さまの許迄は、念の為に楓が送ってくれます」

控えていた楓が頷いた。

「楓さん、御造作をお掛け致します」

おゆいは、楓に深々と頭を下げた。

和千代が続いた。

「礼には及ばぬ」

楓は頷いた。

京之介は、応快と黒木兵部を斬り棄てた今、和千代とおゆいを久能山東照宮の善応の許に帰す事にした。

宗憲が倒れた汐崎藩は、千代丸が家督を相続して藩主になるだろう。そして、水戸徳川家に支配されるのだ。そこに和千代の居場所はない。

和千代は、これからの汐崎藩にとって乱れの元でしかないのだ。

京之介は、和千代を汐崎藩の乱れの元にはしたくなかった。

和千代は、亡くなった実母のおまゆと叔母のおゆいの願い通り、仏の道を進み続けるのが最も良いのだ。
和千代は、京之介の言葉に頷いて善応の許に帰る事にした。

夜明け前……。
和千代は、来国俊の小太刀を背負い、おゆいと共に聖林寺を出た。
三田中寺丁の聖林寺から東海道は近い。
京之介は、和千代とおゆいを東海道の高輪の大木戸に送った。
東海道には、既に早立ちの旅人がいた。
和千代とおゆいは、京之介に会釈をしながら東海道に旅立った。
名刀来国俊の小太刀は、和千代と共に去った。
京之介は見送った。
楓は、和千代とおゆいを秘かに見守りながら行く筈だ。
朝陽が袖《そで》ヶ浦《うら》に昇り始めた。
京之介は、昇る朝陽を眩しげに眺めた。

四

駿河国汐崎藩藩主堀田宗憲は、身体と言葉の自由を失って寝たきりになった。

公儀は、宗憲の隠居と六歳になる嫡子千代丸の堀田家家督相続を許した。

公儀が幼い千代丸の家督相続を早々に許したのは、母親お香の方の実家が水戸徳川家だった事が大きかった。

水戸藩江戸家老本田修理は、老中や若年寄《わかどしより》などの幕閣に巧みな根廻しをし、抜かりなく事を成し遂げた。

千代丸は、実母お香の方に伴われて外祖父である水戸徳川家当主を訪れ、平伏した。

駿河国汐崎藩五万石は、水戸徳川家の秘かな支配を受ける立場になった。

京之介は、宗憲を訪れた。

宗憲は、何かを訴えるように顔を歪めて身体を揺らし、悔しげに呻いた。

京之介は、宗憲に挨拶をして膝を進めた。

「殿、毒を盛られましたか……」

京之介は、宗憲がどのような反応を示すか見詰めた。

宗憲は、眼を瞠った。

「如何ですかな、殿……」

京之介は促した。

宗憲は、呻きを洩らして頷いた。

「盛ったのは、御留守居役の村山仁兵衛にございますか……」

京之介は畳み掛けた。

宗憲は、眉をひそめて首を捻った。

分からない……。

京之介は、そう読んだ。

宗憲は、毒を盛られたと思うが、誰の仕業かは分からないのだ。

「そうですか……」

京之介は頷いた。

宗憲は、動かない身体に苛立ち、出ない声で怒りを滲ませた。

「それから殿。和千代さま、来国俊の小太刀をお持ちになられて久能山にお帰りになられました」

京之介は、穏やかに告げた。

宗憲は頷き、眼を瞑った。

目尻から涙が零《こぼ》れた。

零れた涙は、和千代への詫《わ》びなのか、己の無能さを悔やむものなのか……。

京之介は、堀田宗憲という男に初めて憐憫《れんびん》の情を覚えた。

これ以上、宗憲の哀れな姿は見たくない。

京之介は平伏し、宗憲の寝所を出た。


江戸家老の梶原頼母は、穏やかな面持ちで京之介を迎えた。

「お呼びにございますか……」

京之介は、梶原の用部屋に入った。

「左、和千代さまは如何致したかな……」

梶原は、和千代の消息を尋ねた。

「和千代さま、既に江戸にはおりませぬ」

京之介は、梶原を見詰めた。

「そうか。それは良かった……」

梶原は、笑みを浮かべて頷いた。

京之介は、梶原が和千代の身を心配していたのを知った。

「左、長い間、世話になった。礼を申すぞ」

梶原は、京之介に頭を下げた。

「梶原さま……」

京之介は戸惑った。

「左、儂も殿のお供をして隠居する事となった」

梶原は苦笑した。

「梶原さまが隠居……」

京之介は眉をひそめた。

「うむ。水戸藩江戸家老の本田修理どのが汐崎藩は人心を一新するが良かろうと申して来てな」

「本田修理が……」

京之介は、容赦なく手を打ってくる本田修理に恐ろしさを覚えた。

「うむ。千代丸さまが新たな藩主になられたのを良い機会だと申してな」

梶原は、既に抗《あらが》う気持ちを失っている。

京之介は、梶原の穏やかさをそう読んだ。

「左様ですか。して、江戸家老には何方《どなた》がなられるのですか……」

「留守居役の村山仁兵衛だ……」

「村山さま……」

「左様。村山仁兵衛、殿の隠居、千代丸さまの家督相続、良く働いたからな」

梶原は微笑んだ。

「褒美《ほうび》ですか……」

京之介は、微かな侮りを過ぎらせた。

「左、誰からの褒美だと申すのだ」

梶原は眉をひそめた。

「それは、水戸の……」

「左……」

梶原は、京之介を遮った。

「はい……」

京之介は、梶原を見詰めた。

「おぬしも我が身が可愛ければ、滅多な事は申すではない」

梶原は、諭すように告げた。

「梶原さま……」

「左、藩主が宗憲さまから千代丸さまになられたのは、汐崎藩にとって良い事なのかもしれぬ。そう思うしかあるまい」

梶原は、淋しげな笑みを浮かべた。

「しかし、これ以上、思うがままにさせる訳には参りません」

「左……」

「腹を切る覚悟は、いつでも出来ています」

京之介は、笑みを浮かべて事も無げに云い放った。

水戸藩は、御落胤騒動に乗じて汐崎藩を支配下に置いた。

そうした陰謀を巡らしたのは水戸藩江戸家老の本田修理であり、宗憲に毒を盛ったのは汐崎藩江戸留守居役の村山仁兵衛なのだ。

村山仁兵衛は、その褒美として汐崎藩江戸家老となり、幼い藩主千代丸の補佐として藩政の実権を握る。

如何《いか》に水戸藩の傀儡《くぐつ》だとしても、黙って見過ごす訳にはいかないのだ。

京之介は、村山仁兵衛を見張った。


不忍池には水鳥が遊んでいた。

京之介は、不忍池の畔の茶店で茶をすすり、斜向《はす》かいの路地の奥に見える料理屋を見張っていた。

料理屋では、村山仁兵衛が公儀大目付の土屋主水正と逢っているのだ。

土屋主水正は、おそらく水戸藩江戸家老の本田修理に金で取り込まれ、汐崎藩の御落胤騒ぎから手を引いたのだ。

村山は、その土屋を持て成している。

持て成しは、大目付の土屋主水正を後ろ盾の一人にする為なのだ。

汐崎藩の為、新藩主の千代丸の為、そして何よりも自分が汐崎藩の実権を握り続ける為、村山は土屋主水正を持て成し、後ろ盾作りに励んでいる。

京之介は睨み、村山の慎重さと狡猾さを思い知らされた。

日が暮れた。

大目付の土屋主水正は駕籠に乗り、供侍を従えて帰って行った。

僅かな時が過ぎ、村山仁兵衛が町駕籠に乗って帰路についた。

京之介は塗笠を被り、村山の乗った町駕籠を追った。


村山の乗った町駕籠は、不忍池の畔を下谷広小路に向かった。

不忍池の畔に人影はなかった。

京之介は、塗笠を目深に被り直して村山の乗った町駕籠に走った。そして、町駕籠の前に廻り込んだ。

駕籠舁《かき》は驚き、立ち止まった。

京之介は、霞左文字の柄を握った。

駕籠舁は、思わず声をあげて逃げた。

「どうした」

村山は、町駕籠の垂《た》れをあげて怪訝な顔を出した。

京之介は、村山の胸倉を摑んで町駕籠から引き摺《ず》り出した。

「な、何をする……」

村山は、激しく狼狽えた。

京之介は、構わず村山を雑木林に引き摺り込み、草むらに突き飛ばした。

「お、お前は……」

村山は、引き摺り込んだ男が京之介だと気付いた。

「黙れ……」

京之介は、村山の頰を平手打ちにした。

村山は、息を呑んで眼を瞠った。

「村山仁兵衛、正直に答えなければ容赦なく斬る……」

京之介は脅した。

「ひ、左……」

村山は怯えた。

「宗憲さまに毒を盛ったな」

京之介は、いきなり問い質した。

「ど、毒……」

村山は、激しく狼狽えた。

「ああ……」

京之介は、霞左文字の柄を握って村山を見据えた。

「し、知らぬ。私は宗憲さまに毒など……」

村山は焦り、震えた。

「村山。宗憲さまが村山に毒を盛られたとの仰せだ」

京之介は鎌を掛けた。

「殿は言葉が……」

村山は、戸惑いを浮かべた。

「喋る事は出来ぬが、聞く事は出来る」

京之介は、村山に厳しく告げた。

「聞く事……」

村山は困惑した。

「そして、頷く事もな。宗憲さまは、村山が毒を盛ったのかと聞くと頷かれたのだ」

京之介は冷たく笑った。

「そ、そんな……」

村山は怯え、激しく震えだした。

宗憲に毒を盛ったのは、やはり村山仁兵衛に間違いないのだ。

京之介は見定めた。

「己の出世栄達《えいたつ》を望み、主に毒を盛った不忠者か……」

京之介は、村山に軽蔑の眼を向けた。

「望月だ。私は水戸藩の目付頭の望月蔵人に脅されたのだ。殿に毒を盛らなければ、殺すと脅されたのだ」

村山は、必死に訴えた。

「望月蔵人……」

京之介は、御落胤騒動の最初から姿を見せていた望月蔵人を思い出した。

望月蔵人は、水戸藩の目付頭であり、江戸家老本田修理の腹心《ふくしん》なのだ。

「そうだ、望月だ。望月が殿に毒を盛らなければ、殺すと脅したのだ」

「ならば、斬り合って殺されるが良かろう」

「ひ、左……」

「武士ならば、敵《かな》わぬ迄も主を護って闘うのが道。己の命惜しさに主に毒を盛るとは、武士としてあるまじき卑怯な振る舞い。呆れ果てた外道《げどう》、不忠者だと天下に報せてやる」

京之介は嘲笑った。

「おのれ左……」

村山は、醜く顔を歪めて京之介に斬り掛かった。

京之介は、斬り込む村山の刀を僅かに身を退いて見切り、霞左文字を抜き打ちに放った。

霞左文字は閃光となり、村山仁兵衛の首を斬り飛ばした。

村山仁兵衛の首は、血を振り撒きながら夜空に飛び、草むらに落ちて転がった。

内通者の首は、容赦なく斬り飛ばすと云った筈だ……。

京之介は、首を失った村山の死体の羽織を脱がし、草むらに転がった首を拾って包んだ。

水戸藩目付頭の望月蔵人……。

いつかは闘い、決着をつけなければならない相手なのだ。

京之介は、羽織に包んだ村山の首を提《さ》げて雑木林から立ち去った。


村山仁兵衛は、行方知れずになった。

汐崎藩江戸上屋敷の者たちは、村山仁兵衛が神隠しになったと囁き合った。そして、不忍池の畔の雑木林から首のない武士の死体が発見された。

首のない武士の死体は、身許を告げる物は何一つ所持していなく、何処の誰かは不明だった。

汐崎藩は困り果て、隠居する筈の梶原頼母を急遽江戸家老に復帰させた。

梶原を復帰させたのは、千代丸の将軍家拝謁《はいえつ》の日が近いからだった。

千代丸は、将軍家に拝謁して正式に汐崎藩五万石の藩主と認められる。

拝謁の日は近付いた。

京之介は、御刀番として将軍家拝謁時の千代丸の短刀を選んでいた。


刀工丹波守吉房《たんばのかみよしふさ》の短刀は、長さ一尺二分で反りは一分三厘、直刃調の焼刃には幾筋もの沸匂《にえにおい》の帯があり、新刀ながらも飾りのない美しさに溢れていた。そして、その拵《こしらえ》は、鶴亀《つるかめ》金具に蒔絵《まきえ》造りの鞘だった。

将軍家拝謁の目出度《めでた》い席には、似合いの短刀だ。

京之介は、将軍家拝謁の時の千代丸に丹波守吉房の短刀を持たせる事に決めた。


将軍家拝謁の日の朝。

千代丸は、梶原頼母たち供侍を従えて登城した。

京之介は、居残る家来たちと一緒に千代丸一行を表門前で見送った。

将軍家拝謁には、外祖父である水戸藩藩主が後見人として立合う手筈だ。

千代丸の乗る打揚腰網代駕籠《うちあげこしあじろ》は、梶原たち供侍に護られて愛宕下大名小路を幸橋御門に向かって行った。

京之介は見送り、上屋敷内の御刀蔵に戻ろうとした。

「京之介さま……」

佐助が現われ、緊張した面持ちで京之介に一方の土塀を示した。

佐助が示した土塀の陰には、深編笠《ふかあみがさ》を被った武士が佇んでいた。

何者だ……。

京之介は眉をひそめた。

「千代丸さまが御登城される前からいるようです」

佐助は、厳しい面持ちで報せた。

「よし……」

京之介は、土塀の陰にいる深編笠の武士に向かった。

深編笠の武士は、土塀の陰に身を退いた。

誘っている……。

京之介は、深編笠の武士の動きを読み、土塀の陰に急いだ。

深編笠の武士は、土塀沿いの道を愛宕山に向かっていた。

京之介は追った。


愛宕山にある愛宕神社は、東照神君《とうしょうしんくん》家康公が征夷大将軍就任時に建立《こんりゅう》し、関ヶ原の戦勝を祈念した勝軍地蔵菩薩《しょうぐんじぞうぼさつ》が祀られていた。

朝の愛宕神社には未だ参拝客はなく、小鳥の囀《さえず》りが溢れていた。

深編笠の武士は、愛宕神社の緩やかな石段の女坂をあがった。

京之介は、追って女坂をあがった。

深編笠の武士は、女坂の途中で振り返ってあがって来る京之介を見下ろした。

京之介は立ち止まり、油断なく深編笠の武士を見上げた。

深編笠を取った武士は、水戸藩目付頭の望月蔵人だった。

「やはり望月蔵人か……」

京之介は、小さな笑みを浮かべた。

「左京之介、村山仁兵衛を如何致した」

望月は、村山仁兵衛の失踪を京之介の仕業と睨んでいた。

「我が身可愛さに主に毒を盛る卑怯未練な不忠者。今頃は己の犯した罪を悔やんでいるだろう」

京之介は、冷徹に告げた。

「ならば……」

望月は、村山仁兵衛が京之介に斬り棄てられたのに気付いた。

「そして、主に毒を盛るよう脅した外道を恨んでいる……」

京之介は、嘲りを滲ませて望月を見据えた。

「左……」

望月は、怒りを滲ませた。

「望月蔵人、これ以上の汐崎藩への手出しは一切無用。もし続ければ、その薄汚い首が飛ぶと心得ろ」

京之介は、冷たく笑った。

「黙れ。左京之介、これからも汐崎藩で生きていくなら、水戸藩の意向には逆らわぬのが利口というもの……」

望月は脅した。

「望月、下らぬ脅しは、お前たちのように出世栄達に眼の色を変える者にしか効かぬ」

京之介は、侮りを浮かべた。

「左、おぬし、これからの汐崎藩の為にならぬ男だな」

「私は、武士として己の信じる道を進むだけだ」

「愚かな……」

望月は嘲笑した。

「同じ愚かさなら、己と武士の道に恥じぬ愚かさを選ぶ」

京之介は、不敵に笑った。

「ならば、これ迄……」

望月は、石段の上から下にいる京之介に鋭く斬り掛かった。

京之介は、石段の横の斜面に跳んで躱した。

望月は、京之介を追って斜面に跳んだ。

京之介は、斜面を男坂に向かって走った。

望月は追った。

京之介は、男坂に出て急な石段を駆け上った。

望月は、続いて男坂に出て京之介を追った。

京之介は振り返った。

望月は立ち止まり、京之介を見上げた。

女坂の時とは違い、京之介と望月の立場は入れ替わった。

「おのれ……」

望月は、狼狽えながらも石段を駆け上がり、鋭く京之介に斬り付けた。

京之介は、身体を僅かに引いて望月の刀を見切り、霞左文字を抜き放ちながら石段を下りた。

京之介と望月は交錯した。

血が望月の左肩から飛んだ。

望月は、斬られた左肩から血を流して振り返り、京之介の背後に斬り掛かろうとした。

刹那、京之介は振り返りもせず霞左文字を背後に突き出した。

霞左文字は閃光となり、刀を上段に構えた望月の腹に深々と突き刺さった。

望月は眼を瞠り、顔を歪めて凍て付《い》いた。

京之介は、霞左文字を望月の腹に尚も突き刺した。

望月は吐息を洩らし、霞左文字に重さが加わった。

南無阿弥陀仏……。

水戸藩目付頭の望月蔵人は死んだ。

京之介は、望月の腹に突き刺した霞左文字を引き抜きながら横の斜面に跳んだ。

望月蔵人は、男坂の急な石段を転げ落ちていった。

京之介は、霞左文字に拭いを掛けて鞘に納め、女坂に向かった。


昼下がり。

千代丸は、将軍家の拝謁を無事に終え、梶原頼母たち供侍と汐崎藩江戸上屋敷に帰って来た。

京之介たち家来が出迎え、将軍家の拝謁を恙無《つつがな》く終えた千代丸に祝賀を述べた。

千代丸は頷き、母のお香の方の待っている奥御殿に向かった。

京之介たち家来は、平伏して見送った。

京之介は、用部屋に落ち着いた梶原頼母に呼ばれた。

「梶原さま、将軍家の拝謁、恙無く終えられ、祝着《しゅうちゃく》至極《しごく》にございます」

「うむ。だが、これで汐崎藩は水戸藩の支藩も同然。祝着かどうか……」

梶原は、疲れ果てたように吐息を洩らした。

「梶原さま……」

京之介は眉をひそめた。

「左、水戸藩はこれから大手を振って我が藩に口出しをしてくる」

「江戸家老の本田修理ですか……」

「うむ。そして、我が藩はその度に食い荒らされていく……」

梶原は、老いた顔に微かな苛立ちと悔しさを滲ませた。

「やがて汐崎藩は疲弊《ひへい》し、水戸藩に取り込まれますか……」

京之介は読んだ。

「うむ。だが、そうはさせぬ……」

梶原は、老いた顔を震わせた。

「梶原さま……」

「儂は、残る生涯を懸けて汐崎藩を護り抜く。左、その方も儂と一緒に……」

梶原は、京之介に縋る眼差しを向けた。

「梶原さま……」

京之介は遮った。

梶原は、戸惑いを浮かべた。

「お覚悟、確《しか》と承《うけたまわ》りました。私も出来る限りの事を致します」

京之介は、梶原を静かに見詰めた。

「左……」

「では……」

京之介は、梶原に深々と頭を下げて用部屋を後にした。


御刀蔵は、刀の香りと冷ややかさに満ちていた。

京之介には、その香りと冷ややかさが心地好かった。

梶原頼母の頼みを聞く事は容易だ。しかし、自分と繋がりを持つと、梶原の身に余計な災いが及ぶかもしれない。

京之介は、それを恐れた。

闘う時は我一人……。

京之介は、覚悟を決めていた。

御刀蔵には、代々の藩主が集めた名刀、脇差《わきざし》、短刀、槍などが数多く収蔵されている。

京之介は、そうした御刀蔵を出て用部屋に戻った。


御刀蔵の用部屋の障子は、坪庭に降り注ぐ午後の陽差しに眩しく輝いていた。

京之介は、霞左文字を静かに抜き放って刀身を見詰めた。

霞左文字は、長さ二尺三寸、身幅一寸半のやや広め、僅かな反りで刃文は直刃《すぐは》調に小乱れ、沸《にえ》は美しく冴え渡っていた。

京之介は見詰めた。

水戸藩との暗闘は続く。

京之介が頼むは、霞左文字の一刀だけなのだ。

霞左文字の刀身は光り輝いた。
眩しい程に鮮やかで美しく、そして妖しく……。

光文社文庫

文庫書下ろし／長編時代小説
来《らい》国《くに》俊《とし》　御《お》刀番《かたなばん》 左《ひだり》京《きょう》之《の》介《すけ》㈡
著　者　藤《ふじ》井《い》邦《くに》夫《お》

2015年9月20日　初版1刷発行

発行者　鈴木広和
印　刷　慶昌堂印刷
製　本　ナショナル製本

発行所　株式会社 光文社
〒112-8011　東京都文京区音羽1-16-6
電話 (03)5395-8149 編集部
8116 書籍販売部
8125 業務部

ISBN978-4-334-76970-3　Printed in Japan

組版　萩原印刷

お願い　光文社文庫をお読みになって、いかがでございましたか。「読後の感想」を編集部あてに、ぜひお送りください。

このほか光文社文庫では、どんな本をお読みになりましたか。これから、どういう本をご希望ですか。

どの本も、誤植がないようつとめていますが、もしお気づきの点がございましたら、お教えください。ご職業、ご年齢などもお書きそえいただければ幸いです。当社の規定により本来の目的以外に使用せず、大切に扱わせていただきます。

光文社文庫編集部

佐伯泰英の大ベストセラー！

吉原裏同心シリーズ

廓の用心棒・神守幹次郎の秘剣が鞘走る！

(一) 流離 『逃亡』改題
(二) 足抜《あしぬき》
(三) 見番《けんばん》
(四) 清搔《すががき》
(五) 初花
(六) 遣手《やりて》
(七) 枕絵《まくらえ》
(八) 炎上
(九) 仮宅《かりたく》
(十) 沽券《こけん》
(十一) 異館《いかん》
(十二) 再建
(十三) 布石
(十四) 決着
(十五) 愛憎
(十六) 仇討《あだうち》
(十七) 夜桜
(十八) 無宿
(十九) 未決
(二十) 髪結
(二十一) 遺文
(二十二) 夢幻

佐伯泰英「吉原裏同心」読本　光文社文庫編集部編

剣戟、人情、笑いそして涙……

坂岡 真

超一級時代小説

将軍の毒味役 鬼役シリーズ●抜群の爽快感！

鬼役 壱

刺客 鬼役 弐

乱心 鬼役 参

遺恨 鬼役 四

惜別 鬼役 五

間者《かんじゃ》 鬼役 六 文庫書下ろし

成敗 鬼役 七 文庫書下ろし

覚悟 鬼役 八 文庫書下ろし

大義 鬼役 九 文庫書下ろし

血路 鬼役 十 文庫書下ろし

矜持《きょうじ》 鬼役 十一 文庫書下ろし

切腹 鬼役 十二 文庫書下ろし

家督 鬼役 十三 文庫書下ろし

気骨 鬼役 十四 文庫書下ろし

手練《てだれ》 鬼役 十五 文庫書下ろし

一命 鬼役 十六 文庫書下ろし

涙の凄腕用心棒 ひなげし雨竜剣シリーズ●文庫書下ろし

(一)薬師小路 別れの抜き胴

(二)秘剣横雲 雪ぐれの渡し

(三)縄《なわ》手《て》高輪《たかなわ》 瞬殺《しゅんさつ》剣《けん》岩斬り

(四)無声剣 どくだみ孫兵衛

光文社文庫